JN419486

일본문학 총서 10

정조문답(貞操問答)

세 자매의 사랑이야기 2

이 저서는 2024년 대한민국 교육부와 한국연구재단의
지원을 받아 수행되었음(NRF-2024S1A5B5A16020205)

일본문학 총서 10

세 자매의 사랑이야기 ②

기쿠치 간(菊池寬) 지음
박용만 옮김
이성규 감수

도서출판 시간의 물레

| 역자 머리말 |

『정조문답(貞操問答)』은 기쿠치 간(菊池寬)의 장편소설이다. 1934년 7월 22일부터 1935년 2월 4일까지 오사카마이니치신문(大阪每日新聞), 도쿄니치니치신문(東京日日新聞)에 196회에 걸쳐 연재되었다. 1935년에 영화로, 2005년에 TV드라마로 방영되었다.

작품내용

아름다운 난조가(南條家)의 세 자매. 둘째 신코(新子)는 그중에 가장 야무진 성격으로 집안을 이끌어가고 있었다. 어머니를 포함한 가족 4명의 생계를 꾸려가기 위해 마에카와(前川) 집안 아이들의 가정교사가 되었지만, 화족 출신인 부인으로부터 온갖 핍박과 모욕을 받으며 쫓겨나고 만다. 그 사이 동생인 미와코(美和子)에게 애인을 빼앗기고 깊은 실망에 빠지게 된다. 그러던 차에 신코에게 호의를 느끼고 있던 마에카와는 긴자(銀座)에 주점을 차려준다.

여성으로서의 악덕, 질투, 오만, 방자, 시기의 심리를 속속들이 드러내는 마에카와 부인. 애인과 삼각관계에 놓이며 펼쳐지는 끈적끈

적한 애증극(愛憎劇). '여자의 정조(貞操)를 간직한 채 교제가 가능할까?'라는 화두를 앞세운 박력 넘치는 대결. 욕심 많고 천덕꾸러기인 동생 미와코(美和子)가 의외로 신코의 편이 되어 마에카와 부인으로부터 신코를 구해낸다. 드라마로도 제작, 방영된 흥미진진한 기쿠치 간의 걸작.

『정조문답(貞操問答)』은 기쿠치 간(菊池寬)의 세 번째 신문연재소설로, 쇼와(昭和) 초기를 무대로 파란만장한 운명으로 펼쳐지는 난조가(南條家)의 미인 세 자매의 삶의 이야기를 박력 넘치고 자극적인 필치로 그린 이야기이다. 연재에 즈음하여 기쿠치(菊池)는 ≪大阪每日≫(오사카마이니치신문), ≪東京日日≫(도쿄니치니치신문)에 다음과 같이 기고(寄稿)하고 있다.

시대가 아무리 변해도, 또한 변해감에 따라, 여성의 정조는 인생 문제 중에서도 가장 큰 문제라 할 수 있다. '정조의 가치는 어떻게 변천되어 갈 것인가, 더불어 현대 여성의 정조의식은 어떻게 변해 갈 것인가'에 관해 다양하게 생각해 봐야 할 문제가 많은 것 같다. 나는 이 소설에서 몇몇 여성 등장인물들을 중심으로 정조 문제에 관해 다양하게 그려나가면서 그 문제에 관해 생각해 나가고 싶다.

1930년대의 '정조개념'과 현대의 그것에 대한 인식에는 적지 않은 간극이 존재하리라 생각된다. 이 작품을 그 시대의 상식의 눈높이에 맞춰 읽어나간다면 정조관념이라는 개념이 현대의 그것과 어떻게 다르고 또 어떻게 변천해 왔는지를 알 수 있는, 또 다른 흥미와 재미를 느낄 수 있으리라 생각한다.

2025. 9.
역자 박용만

작가 소개

 소설가, 극작가, 저널리스트로 활약했던 기쿠치 간(菊池寬; 1888-1948)은 1888년 가가와(香川)현(県) 다카마쓰(高松)시(市)에서 태어나, 교토(京都)대학 재학 중에, 제3차, 제4차『신시초(新思潮)』에 참가한다. 중학교를 졸업한 후, 도쿄고등사범학교에 진학하지만, 수업을 받지 않는 등의 이유로 퇴학 처분을 받는다. 다시 메이지(明治)대학 법과에 입학하지만 3개월 만에 자퇴, 징병을 모면하기 위해 와세다(早稲田)대학에 학적만을 남겨두게 된다. 1910년, 다이이치(第一)고등학교 일부(一部) 을류(乙類)에 입학하지만, 졸업 직전에 여러 가지 이유로 다시 퇴학당하고 만다. 그 후 교토(京都)제국대학 문학부 영문학과에 입학했는데, 구제 고등학교 졸업 자격이 없어, 처음에는 본과에서 배우지 못하고 선(選)과에서 배우게 된다. 이듬해 구제 고등학교의 졸업 자격시험에 합격하여 본과로 옮기고 1916년 동 대학을 졸업한 후, ≪時事新報≫(시사신보) 기자로 근무하게 된다.

 그 후 상경하여, 아쿠타가와 류노스케(芥川龍之介), 구메 마사오(久米正雄)와 나쓰메 소세키(夏目漱石)의『모쿠요카이(木曜会, 목요회)』에 참가한다. 1919년에『추오코론(中央公論)』에『은원의 저

편에(恩讐の彼方に)」를 발표한다. 이 시기를 전후하여 주옥같은 단편 『무명작가의 일기(無名作家の日記)』(1918), 『투신자살 구조업(身投げ救助業)』(1917), 『와카스키재판장(若杉裁判長)』(1918), 『어떤 항의서(ある抗議書)』(1919), 『시마바라신주(島原心中)』(초출 불분명) 등을 집필한다.

이후 지지신포(時事新報)를 퇴사하고 집필 활동에 전념한다. 이듬해 오사카마이니치(大阪毎日)신문·도쿄마이니치(東京毎日)신문에 연재한 『진주부인(真珠夫人)』이 큰 호평을 받아 인기작가가 된다. 『분게이슌주(文芸春秋)』를 창간, 『분게이카쿄카이(文芸家協会)』를 설립하고, 권위 있는 문학상인 아쿠타가와(芥川)상, 나오키(直木)상을 제정하여 작가의 복지와 신인의 발굴, 육성 등에도 공헌한다.

제2차 세계대전 종전 후, 기쿠치 간은 일본의 '침략전쟁'에 『분게이슌주(文藝春秋)』가 주도적인 입장을 취했다는 이유로 공직에서 추방된다. 1948년 2월에 위장 장애로 병상에 눕게 된다. 회복 후 3월 6일에 측근들과 주치의를 자택으로 불러, 쾌유 축하 모임을 가졌는데, 가장 좋아하는 음식인 생선 초밥을 먹은 후, 2층으로 올라가자마자 협심증으로 오후 9시 15분 급사하고 만다. 향년 59세.

기쿠치 간의 작풍(作風)은 인생 경험이나 인생관을 창작에 살리는 것을 중시했는데, '소설가가 되려고 하는 청년에게 보낸다'는 문장 속에서, "25세 미만인 자는 소설을 써서는 안 된다"고 서술하고 있다.

그의 작품 중에서 『아귀(餓鬼)』의 모델은 아쿠타가와 류노스케 (芥川龍之介)이고, 『신처럼 약하다(神の如く弱し)』는 구메 마사오 (久米正雄)가 모델이다.

이름의 '寬'은 '히로시'라고 읽으면 본명이고, '간'이라고 읽으면 필명이었는데, 본인은 어느 쪽으로 불려도 특별히 신경을 쓰지 않았다고 한다. 단, '기쿠치(菊池)'를 잘못해서, '기쿠치(菊地)'라고 쓰면 몹시 화를 냈다고 한다.

'기쿠치 간(きくちかん)'의 철자를 바꾸면 '구치키칸(くちきかん, 말을 안 하다'가 된다. 이 철자 바꾸기는 기쿠치가 살아있을 때부터 그의 친구들 주위에서 동시다발적으로 회자되었다는 기록도 있다. 기쿠치 간은 마작, 경마, 장기에 몰두했다고 알려져 있다. 기쿠치가 마작에서 지면 욱하고 입을 다물어 버리는 바람에, 대전자(対戦者)가 '구치키칸(말을 안 하다)'이라고 험담을 했다고 한다.[1]

---

1) [フリー百科事典 『ウィキペディア(Wikipedia)』
   https://ja.wikipedia.org/wiki/%E8%8F%8A%E6%B1%A0%E5%AF%9B에서 일부
   인용하여 적의 번역함.

세 자매의 사랑이야기 _ 정조문답

늘어나는 빚
重なる負目

〈1〉

처음에는 미와코인가 생각했을 정도로 신바람이 나서 매우 좋은 기분으로 재즈를 콧소리로 부르며 2층으로 올라온 언니가 갑자기 신코의 방에 싱글벙글한 얼굴로 말한다.

게이코 "나, 정말 놀랐어."

신　코 "뭐가?"

게이코 "너한테는 비밀로 해 두려고 생각했는데, 말하지 않고는 견딜 수가 없을 것 같아. 있잖아?"

신　코 "도대체 무슨 일이야?"

게이코 "나 말이지, 역시 마에카와 씨에게 인사드리러 갔다 오는 게 좋을 것 같아서……."

신　코 "내가 그만두라고 했잖아?"

게이코 "아니, 정말. 사람 이야기를 절반밖에 안 듣고. 벌써 갔다가 왔어, 언니가."

　　게이코는 제비뽑기에서 1등이라도 당첨된 것처럼 의기양양한 표정을 지었다.

신 코 "거짓말이지? 언제 갔어? 갔다 올 시간 같은 거 없었잖아?"
게이코 "지금 갔다 오는 길이야."

　저녁 무렵 긴자(銀座)에 간다고 하고 외출한 언니였다. 신코는
언니의 비상식에 거의 기가 막혔다.

신 코 "아이, 진짜. 댁에 갔다 왔어? 마에카와 씨, 깜짝 놀라지 않
　　　으셔? 정말! 못된 짓 좀 그만해."

　신코의 말에는 격한 비난이 담겨 있었다. 그러나 그것은 언니
에게 전해지지 않았다.

게이코 "마에카와 씨란 분, 정말 멋진 신사던데? 그렇게 좋은 분이
　　　어디 있겠어? 난 말이야, 네가 싫어해서 비밀로 해 둘 생각
　　　이었는데, 마에카와 씨가 말을 전해 달라더라고. 너를 급히
　　　만나고 싶대. 부인은 아직 돌아오지 않은 것 같아."

신 코 "정말 짜증 나게 만드네. 가는 거 그만두라고 그렇게 신신당
　　　부해두었는데, 몰래 가서 그런 쓸데없는 전언 같은 거 부탁
　　　이나 받고. 언니가 직접 인사하러 갔다고 하면, 난 이제 평
　　　생 안 가도 되겠네."

　신코가 빈정대는 말투로 거듭한다.

신 코 "하지만 이제 앞으로 마에카와 씨에게 연극 일로 이야기하
　　　러 가면 나 진짜로 화낼 거야."

게이코 "그런 말, 지금 와서 해봐야 소용없어. 마에카와 씨 같은 좋은 분이 또 어디 있겠어? 오늘 내가 요전 일에 대해 인사만 드렸는데, 아무 말도 안 하고 그냥 연구회에 기부를 해 주시더라고. 그것도 무척 많은 돈을 말이야."

신 코 "어머! 뭐라고?"

신코는 험악한 표정으로 언니를 올려다보았다.

게이코 "그렇게 내게 화를 내도 소용없어. 내 개인이 받은 것이 아닌걸? 연구회에 주신다고 말씀하셨어. 나 혼자 좌우할 만한 것은 아니야."

신코의 비난을 딴 데로 돌리려는 언니를 신코는 원망스럽게 노려보았다.

신 코 "도대체 얼마 받은 거야?"

게이코 "나도 깜짝 놀랐어. 나는 2, 3백 엔쯤일 거라고 생각했는데, 그게 말이지, 그게 아니었어. 그래서 너무 가볍게 받은 건 아닌가 하고 후회하고 있어."

신 코 "그것을 언니는 나와 관계없이 받았다고 이야기하는 거야?"

신코의 목소리가 떨리고 있었다.

게이코 "만약 그렇다면?"

언니가 새침한 표정으로 말했다.

〈2〉

　정면으로 바라보며 소리치는 신코의 목소리에는 걷잡을 수 없는 분노와 살기를 띠고 있었다.

신　코 "언니!"

게이코 "왜? 뭐?"

　끝까지 넉살 좋게 어물쩍 넘어가려 한다.

신　코 "언니가 하는 짓은 마치 거지나 도둑놈하고 다를 게 없어."

　신코가 날카롭게 매도했다.

게이코 "무슨 말이야?"

　너무 심한 말에 게이코의 안색이 바뀌었고 분위기도 어색하게 흘러갔다.

신　코 "거지보다도 도둑보다도 더 심해. 도둑도 부모나 형제자매의 것은 훔치거나 하지 않을 거라고 생각해. 그런데 언니는, 언니는 말이야……."

　신코는 억눌러도 솟아오르는 비분(悲憤)의 눈물을 꾹 참으면서 말했다.

신　코 "언니는 내가 어머니에게 보낸 돈까지 무단으로 훔쳤잖아."

　신코가 단호히 말했다. 언니에게는 이 정도 과감하게 말하지 않으면 통하지 않을 것이라 생각했고, 한편으로 쌓이고 쌓인 울분이 일시에 폭발해버릴 것 같기 때문이다. 게이코는 뜻하지 않게 신코가 자기 약점을 공격해 오자 보통 응대로는 대적할 수 없다고 생각한 듯, 금세 부루퉁하며 눈썹 하나 움직이지 않고 '그게 어쨌다는 거야?'라는 얼굴로 신코의 시선을 되받았다.

신　코 "그리고 그런 지극히 비상식적인 전보나 보내고……. 내가 무엇을 하러 가루이자와에 갔다고 생각한 거야? 나는 그 전보를 보기만 해도 화가 치밀었어. 전혀 상상할 수 없는 일이어서 말도 안 나왔어. 난 당장 거절의 전보를 칠 생각이었어. 그런데 마에카와 씨가 그 전보가 온 것을 알게 되었고, 그에 대해 여러 가지로 말해 주셨기에 그만 언니의 그 말도 안 되는 이야기가 성공하게 된 거야. 하지만 그것만으로 이제 충분하잖아. 단지 반달 안팎으로 신세를 진 마에카와 씨에게 그런 빚을 또 지다니 너무 부끄럽게 느껴지지 않아? 그런데도, 언니는 이 이상 무엇을 더 바라고 있는 거야? 내가 마에카와 씨 앞에서 얼굴도 들지 못하고 말도 못하는 부끄러운 생각을 하라고 말하고 있는 거야? 언니는 받아서는 안 되는 남의 은혜를 받는다는 것이 어떤 것인지 알기나 해?"

게이코도 입술의 핏기가 없어질 정도로 창백해진 모습으로 되받아쳤다.

게이코 "알고 있으니까 너 대신 고맙다고 인사하러 가 준 거 아냐?"
신　코 "그러면 왜 인사만 하고 그냥 돌아오지 않았던 거야? 탐욕스

러운 얼굴로 그런 거금을 받아 오는 거, 마치 도둑고양이가
던져 준 생선뼈에 맛을 들여 어슬렁어슬렁 다다미방에 뻔질
나게 드나드는, 그 꼴 아냐? 뻔뻔한 것에도 정도가 있다고!"

〈3〉

신코는 분노로 몸이 뜨거워졌다. 지금까지 비교적 조용하고 평
안하여 아무 일이 없어서 서로 다투는 일 없이 지내온 두 사람 성
격의 톱니바퀴가 바야흐로 탁탁 소리를 내며 서로 맞닿고 있는 것
이었다. 오히려 상대가 육친이니만큼 그만 말도 쉽게 난폭해지고
일단 말을 꺼내게 되자 바로 정면에서 예고도 없이 날카롭게 파고
드는 기세에 대응하지 못한 게이코는 다소 주춤했지만 금세 몸을
가누고는 말도 안 되는 반격의 칼을 휘두르기 시작했다.

게이코 "내가 마에카와 씨로부터 언제 거지처럼 돈을 받았다고 하
는 거야? 너는 돈이라는 것에 대해 속물근성을 가지고 있으
니까 그런 말을 하는 거야. 마에카와 씨는 연극 애호가야.
그분이 예술을 위해 주신 돈은 정재(淨財)[2], 즉 청결한 돈이
라고. 그것을 받는 것은 창피한 것도 아무것도 아니야. 그리
고 그 돈은 내가 마에카와 씨에게 개인적으로 받은 게 아니
야. 연구회로서 받는다고 미리 양해를 구했어. 그러니까 개
인으로서의 내가 은혜를 입은 것이 아니고, 하물며 내 여동

---

2) 淨財 ; 신불(神佛)을 섬기거나 남을 도와주기 위하여 깨끗하게 쓰는 재물.

생인 네가 눈에 쌍심지를 켜고 시끄럽게 떠들 필요가 없는 일이라는 거야."

신　코　"쉿! 그만. 말도 안 되는 소리 하지 마. 마에카와 씨는 내 언니로서 만나 준 거야. 내 언니이니까 돈을 준 거야. 그분은 연극 애호가도 아무것도 아니야. 그런 헛된 이론으로 나를 속이려고 해도 소용없어."

게이코　"네가 말하는 것이 공론이야. 속인들의 무익하고 쓸데없는 참견이라고."

신　코　"내가 하는 말이 쓸데없는 참견이라고 생각한다면 난 언니를 경멸할 거야. 그러니까 언니 같은 사람을 '배우바보3)'라고 하는 거야. 옛날의 '천 냥짜리 배우[뛰어난 배우]'처럼 월급을 많이 받고 있다면 돈 계산도 모르는 '배우바보'도 그나마 귀엽게 볼 수 있지. 남에게 폐를 끼치지는 않으니까. 그런데 언니 같은 사람이 아직 완전히 배우가 되기도 전에 '배우바보'가 되어버리면 옆에 있는 사람이 견딜 수가 없게 되는 거지. 내가 보낸 돈을 속이고 가로챘던 것은 넘어갈 수 있어. 하지만 내게 폐가 되는 돈을 다른 사람한테서 받아 오는 것만은 좀 참아 줬음 좋겠어. 돈이 그렇게 필요하면 내가 모르는 연극 애호가로부터 얼마든지 받아 오면 되잖아? 마에카와 씨에게만은 제발 그만둬."

---

3) 배우 외에는 상식적인 판단조차 못하는 것을 나무라는 것.

언니는 토라진 듯 아무 말도 안 했다. 신코는 다소 부드러운 목소리로,

신 코 "언니! 이거 돌려주고 와. 집에 가지고 갔더니 신코에게 혼났다고 말해!"

게이코 "참 어이가 없네. 난 네 지시 같은 것은 안 받아."

그렇게 말하고 게이코는 획하고 옆방으로 물러가서 열려 있던 경계의 맹장지를 딱 소리를 내며 닫았다.

⟨4⟩

신코는 언니와 말다툼을 하고 나서 당장이라도 마에카와 씨를 찾아가 사과를 하고 그 김에 앞으로는 일체 마음을 쓰지 말라고 부탁해 두려고 마음먹었다. 그렇지 않으면 언니가 우쭐해져서, 다시 자기에 대한 고집과 오기가 발동되어, 무슨 짓을 저지를지 모르기 때문이다. 그러나 막상 준노스케에게 전화를 걸려고 생각하니, 그런 편지를 썼던 만큼 왠지 모르게 감정의 응어리가 생겨 그만 사흘 정도가 지나고 말았다.

도쿄에 돌아오고 나서 연이어 슬프고 화가 나는 일이 생기는 바람에 식욕이 떨어져서 신코는 갑자기 살이 빠진듯한 느낌이 들었다. 밤에는 싫든 좋든 미와코와 같은 방에서 함께 자야 하기 때문에 여동생이 말을 하지 않을 때도, 떠들 때도 그 배후에 있는

미사와의 일이 떠올라 계속 의식이 깨어 있었고, 이윽고 사고(思考)에서 오는 피로와 비애의 압력으로 찌그러지듯 잠에 빠져드는 것은 항상 2시가 지나서였다. 아침에는 밤새 자신도 모르게 흘린 눈물이 배어 나와 볼을 적시고 있었다.

오늘 아침은 방안이 어두웠고 여느 때처럼 덥지 않았다. 미와코는 기분 좋게 자고 있다. 일어나서 창을 통해 밖을 보니 비가 오고 있었다. 삭삭 옆으로 들이치는 여름비였다. 8월이라고는 생각되지 않을 정도로 차가웠다. 신코는 오늘은 준노스케에게 전화를 걸어야겠다고 마음먹었다. 언니 문제도 있지만 지금 마음을 두어야 할 한 가닥의 실조차 없는 신코의 의지할 데 없는 마음의 적적함이 그렇게 결심하게끔 했는지도 모른다. 10시경에 근처 술집에서 전화를 걸었다.

준노스케 "신코 씨입니까? 저는 이제 만나 주시지 않을 것이라고 단념하고 내일은 도쿄를 떠날까 하고 생각하던 중입니다."

조급하고 흥분된 준노스케의 목소리가 신코를 왠지 모르게 미소 짓게 만들었다. 정오쯤에 쇼와도리(昭和通リ)의 레스토랑A에서 만나자는 약속을 하고 전화를 끊었다. 집에 돌아와 오래간만에 어딘지 모르게 부픈 마음으로 경대에 앉으니 신코는 다시 한층 기분이 새로워졌다. 자매와는 서로 멀어지고 미사와마저도 한심스럽게 자신을 버리고 떠난 지금, 그녀는 경대를 향해 자기 얼굴을 바라다보고 있으니 이 의지할 데 없는 자신의 모습을 그대로 보여

줘도 되는 상대는 마에카와 한 사람밖에 없다는 생각이 들었다. 그녀는 정성껏 화장을 했다. 땀이 배기 쉬운 여름 화장은 뜨기 쉬워서 생각처럼 하기는 어려운 법이지만, 오늘은 피부가 차가워서 초가을처럼 분도 립스틱도 피부에 잘 스며들어 기분이 좋았다.

언니보다도 수수한 취향의, 마모의 고급품으로 만든, 단 한 벌 있는 기모노(着物)에 엷은 색 줄무늬의 하카타오비(博多帶, 띠)로 약간 아래쪽으로 단단히 몸을 졸라매고 비 막이 용 오메시치리멘[4] 코트를 입은 신코는 11시에 요쓰야의 집을 나왔다. 그냥 혼자서 택시[엔다쿠] 한구석에 작아진 모습의 신코였지만, 사려 깊어 보이는 두 눈과 그 아래쪽의 볼에는 황홀하고 밝은 기운이 오랜만에, 남의 눈에 띄지 않게, 자리 잡고 있었다.

〈5〉

8층까지 엘리베이터로 가보니 우중(雨中)의 한낮인지라 그 유명한 식당임에도 한산한 모습이었다. 그 넓은 식당 로비에 들어가자 여송연을 피우며 앉아있는 준노스케의 옆모습이 보였다. 신코는 그대로 멈춰 서서 준노스케가 이쪽을 돌아봐 줄 것을 기다리고 있었다.

준노스케 "이야~, 신코씨!"

---

4) お召し縮緬 ; 염색한 실로 짠, 표면이 오글쪼글한 비단.

신　코 "제가 먼저 도착할 거라는 생각했는데 기다리시게 해서 죄
　　　　송합니다."

　　신코는 미소를 지으면서 준노스케가 앉아 있는 소파에 조금 간
격을 두고 앉았다. 일행이 다 왔다고 생각한 종업원이 어느새 메
뉴를 들고 주문을 기다리고 있었다.

준노스케 "뭐 드시겠습니까?"

신　코 "뭐든지 좋아요. 싫어하는 것 없으니까요."

준노스케 "저와 같은 것으로 시켜도 괜찮아요?"

신　코 "네, 좋아요."

준노스케 "그럼　포타쥐(프랑스어)　potage], 뫼니에르[(프랑스어)
　　　　meunière]5). 마카로니 아라 이탈리안. 일단 이것만 주세요."

신　코 "지난번에는 언니가 갑자기 찾아뵌 것 같아서 정말 죄송합
　　　　니다."

　　신코의 얼굴이 부끄러움으로 빨갛게 상기되었다.

준노스케 "아뇨, 저는 당신 대신에 언니분이 와 주신 것도 기뻤어
　　　　요."

　　술술 쓴웃음을 섞어가며 말하는 준노스케의 말에 "네?!" 라고
신코가 얼굴을 들었다.

준노스케 "그 정도로 제가 당신을 기다리고 있었다고 말하고 싶은

---

5) 뫼니에르[(프랑스어) meunière] : 생선에 밀가루를 묻혀서 굽는 프랑스식 요리.

　　거예요.”

　　준노스케는 농담인 것처럼 시원시원 주저 없이 말하며 신코가
언니에 관해 사과하려 하는 것을 막았다.

준노스케 “그날 밤 전 바로 당신을 역까지 쫓아갔어요. 집사람의 표
　　　　정으로 당신이 얼마나 안 좋은 기분으로 돌아갔을지를 너무
　　　　잘 알아서 제 기분도 무척 좋지 않았어요. 그래서 그 이튿날
　　　　가루이자와에서 돌아왔어요.”

　　준노스케의 기분도 신코의 얼굴을 볼 때부터 흥분하고 몹시 신
바람이 나서 왠지 모르게 마음이 들떠 있는 것 같았다. “오래 기다
리셨습니다.” 종업원이 식사 준비가 되었음을 알리러 왔다. 두 사
람은 매우 친한 일행처럼 식탁에 앉았다. 이런 편안한 기분은 처
음이다. 창을 통해 비로 시커멓게 젖은 거리의 지붕이 멀리 아득
히 바라다보이고, 비가 내리고 있는데도 이곳 식당의 빛은 충분히
밝았다. 준노스케는 창밖을 보며 냅킨을 펼치며 말했다.

준노스케 “우리는 비와 인연이 있는 거 아닐까요? 그날도, 오늘도 비
　　　　가 오고 있네요.”

　　노골적으로 즐거운 추억을 더듬기라도 하는 듯 시선으로 준노
스케가 말한다.

신　코 “네, 정말로 그렇네요.”

　　신코의 말이 왠지 애정을 억누르는 상태라는 것을 깨닫고는 자

기 혼자 부끄러워져서 볼이 뜨거워졌다.

〈6〉

더 이상 고용관계가 아닌, 주인도 아니고 가정교사도 아니게 된
두 사람의 말씨는 자연스레 격의가 없었고 포크를 가끔 멈추고는
다정스럽게 대화를 나누었다.

신　코 "언니에게 그런 것을 해 주시면 제가 정말 난처해요. 언니는
　　　　연극광인걸요. 그것을 위해서라면 언니는 어떤 일을 해도
　　　　허락된다고 생각하고 있어요. 앞으로 어떤 폐를 끼칠지가
　　　　두려워요."

준노스케 "괜찮아요. 저는 그런 분도 좋아해요. 성격이 순진하고 외
　　　　곬이고 당신보다도 훨씬 어린아이 같기도 하고⋯⋯."

신　코 "그렇게 비교하시는 거 전 싫어요. 이제 부디 저희 자매에
　　　　관해서는 그냥 내버려 두셨으면 좋겠어요."

준노스케 "그게 말이지요, 저로서는 그렇게는 안 되겠는데요?"

어깨가 뻐근한 것이 빠지는 것 같은 스스럼없는 대화가 이루어
져 신코는 준노스케를 만나기를 잘했다고 생각했다.

신　코 "왜 그런 말씀을 하시는 건가요?"

준노스케 "왜냐하면 말이지요, 저는 지금까지 별로 취미가 없는 남
　　　　자여서 매달 어느 정도의 지출은 아무렇지도 않다고 생각하

거든요. 당신의 언니를 후원하는 것은 저로서도 기쁜 일이고, 게다가 게이코 씨는 저를 연극 애호가라고 믿고 계시잖아요."

신　코 "아니에요. 정말 그런 것은 싫어요. 언니가 분명 버릇없이 기어오를 거예요."

　신코는 그렇게 말했지만 내심 준노스케의 너그러운 마음씨에 기뻐서 자기도 모르게 미소를 짓고 말았다.

준노스케 "지나고 생각해 보니 나라는 나쁜 인간이 당신을 실직시키고 말았으니 어떻게라도 그 보상을 해야 할 것 같았어요."

신　코 "어머나, 그렇게 하실 이유는 없어요."

준노스케 "있고말고요. 아주 많이 있습니다. 게이코 씨가 오신 다음 날, 나는 당신의 편지를 읽고 실망하여 맥이 빠지고 말았어요. 이것이 마지막이라면 나는 당신을 대단히 불행하게 만들게 될지도 모른다고 생각했고요. 그리고 이렇게 끝나는 것을 제 자신이 참을 수가 없었어요. 그래서 당신이 만일 더 이상 저와 만나 주시지 않는다면 하다못해 혈연관계가 있는 언니분의 일의 후원을 통해서라도 당신에 대한 자책감을 조금이라도 덜어내고 싶었어요."

신　코 "어머나!"

　신코의 마음은 점점 준노스케의 말로 위로받아 점점 응석을 부리게 되었다.

준노스케 "오늘 같은 날은 전혀 생각지도 못했습니다. 정말 포기하
고 내일 가루이자와에 가서 처와 교대하려고 했었습니다.
그래서 얼마나 기뻤는지 모르겠어요. 있잖아요, 신코 씨?"

준노스케가 처음으로 친밀하게 이름을 불러왔다.

신 코 "네."

준노스케 "당신, 뭔가 직접 해 보고 싶다는 생각은 해보시지 않으셨
나요?"

준노스케가 차분하고 은밀하게 물었다.

〈7〉

디저트의 허니듀 멜론(Honeydew melon)을 스푼으로 떠올리면
서, '뭔가 하지 않으실래요?'라는 준노스케의 말을 신코는 미심쩍
은 듯한 눈으로 되물었다.

준노스케 "언니 이외에 여동생이 있으시지요?"

신 코 "네."

준노스케 "그 언니분은 생활 같은 건 전혀 생각하지 않는 분이실 테
고, 여동생분은 어떠신가요?"

신 코 "……."

신코의 얼굴에 쓴 웃음의 그림자가 떠오르다가 사라졌다.

준노스케 "여동생분도 분명 미덥지 않으신 거죠? 그러면 당신 혼자
　　　　　서 일을 하신다 한들 별 소용은 없는 거 아닌가요? 뭔가 장
　　　　　사라도 시작하시는 게 좋지 않을까요?"

신　코 "정말 그렇게 말씀해 주시니 대단히 고맙기는 하지만……."

　　신코는 시선을 떨구고 순간 이런 친절한 사람이 외가의 큰 삼
촌이라면 얼마나 좋을까 생각했다.

신　코 "하지만 여자가 하는 장사라는 게 어떤 것이 있을까요? 게다
　　　　　가……."

　　신코는 '자본금도 많이 들고…….'라는 말을 간신히 삼켰다.

준노스케 "저도 어떤 장사가 여성에게 적합하고 유리한지를 연구한
　　　　　적은 없습니다만, 뭐 좋은 장소를 잡아서 주점을 낸다던가,
　　　　　양품점(洋品店)을 시작한다던가, 재봉을 잘하는 분이라면
　　　　　숙녀복이나 아동복 가게를 해 본다던가……."

신　코 "……."

준노스케 "부인 잡지에 그런 기사가 종종 나오는 것 같던데 레코드
　　　　　를 파는 가게 같은 것은 어떨까요? 깔끔해서 좋지 않을까
　　　　　요?"

　　준노스케는 호의로 가득 찬 좋은 사람이고, 또 그 호의의 근저
에 하나하나 야심이 도사리고 있는 성격의 사람이 아니라는 것을
확실히 알고는 있지만, 이러한 제안을 받아들여 앞으로도 이 사람

의 신세를 지게 된다는 것이 '스스로를 빼도 박도 못하는 처지로 몰아넣는 것은 아닐까'라는 생각이 들게 만들었다.

준노스케 "인순고식6)한 수수한 장사보다 적중만 하면 돈벌이가 되는 접객업[물장사] 쪽이 역시 여성에게 어울린다고 말할 수 있겠지요? 과감하게 '주점'이나 '다방'. 요즘 긴자에 유행하고 있으니까요. 그런 것을 해 보시는 건 어떠세요?"

신　코 "예."

준노스케 "다만 시작하실 의사가 있으시면 제가 아는 사람에게 잘 부탁해서 장소나 경영 방식을 조사해 놓으라고 하겠습니다."

신　코 "네, 하지만 그렇게까지 신세를 질 수는 없어요. 뭐 아직 제가 더 일할 수 있는 자리라도 있다면 말이지만요."

　　신코는 넌지시 거절했다.

---

6) 因循姑息 ; 낡은 관습이나 폐단에서 벗어나지 못하는 것.

마치 밀회와 같이
密会の如し

〈1〉

신코가 완곡하게 거절하려는 것을 준노스케는 전혀 받아들이려 하지 않았다.

준노스케 "아뇨, 취직자리를 찾아달라고 말씀하시면 제가 어떻게 해서라도 찾아보겠습니다만, 현재 여자 사무원의 월급은 기껏해야 3, 40엔밖에 안 되거든요. 신코 씨의 화장품 비용이나 교통비 정도 될까 말까의 금액 아닌가요? 뭐, 당신 혼자 용돈만 있으면 된다고 하시면 큰 문제는 없겠지만……"

그런 말을 듣고 보니 말 그대로였다. 결국 특수한 기능이나 기술을 가지고 있지 않는 한, 여자 혼자서 일해서 일가를 지탱하는 것은 망상에 가까운 사실이었다. 신코가 고개를 숙이고 말을 안 하고 있자 준노스케가 계속했다.

준노스케 "언니분 연극의 후원도 저는 기꺼이 하겠습니다. 그리고 그 10배, 100배의 열정으로 당신 생활의 후원을 하고 싶습니다. 저는 당신의 생활이 안정되고 당신이 행복해지기를 바

랍니다. 그렇지 않으면 저는 평생 양심의 가책으로 늘 마음
이 찜찜할 테니까요."

신　코 "제가 그렇게 신세를 질 사이도 아닌데요. 지금까지도 필요
이상의 것을 해 주셨잖아요."

준노스케 "아니, 그럴 사이가 아니라면 제 쪽에서 부탁할 테니 그렇
게 하게 해 주세요."

준노스케의 볼이 청년의 그것처럼 이글이글 빛났다.

준노스케 "저는 당신이 제 곁에서 떠나지 않아 주셨으면 좋겠습니
다. 당신을 보살폈기 때문에 제가 당신에게 무엇인가를 요
구하지나 않을까 하는 걱정은 부디 하실 필요 없다고 말씀
드리고 싶구요. 요전번 소나기가 내렸을 때의 일은 저도 아
주 돌발적인 행동을 해버려서 당신에게 어떻게 사과드려야
좋을지 모르겠습니다. 그 속죄를 위해서라도 저는 당신을
위해 어떤 일도 마다하지 않을 겁니다. 그 대신 이대로 저의
길동무가 되어 주시기를 부탁드립니다."

중년 남성의 가슴속에 울적한 사모의 열정이라는 것이 부글부
글 끓어오르는 것을 듣는 듯했다.

준노스케 "그러니 어떤 약속도, 맹세가 필요하시다면 맹세도 할 테
니 제가 보살피게 해 주시지 않겠습니까?"

가만히 응시하는 그의 강렬한 눈동자에 신코는 눈을 깜박거렸다.

신 　코 "아니, 그런 걱정 같은 것 안 합니다. 걱정하고 있는 것은 제
　　　자신의 마음이에요. 제가 너무 신세를 지게 되면……."

　신코는 거기까지 말하고는 식후의 머스캣 한 알을 살짝 집어
들었다.

준노스케 "그러니 서로 사심 없이 천공해활(天空海闊)[7]하게 신세를
　　　지거나 보살피거나 하는 것 아니겠습니까? … 달도 탁해지
　　　지 않고 물도 탁해지지 않는 ……."

신 　코 "그럴 수는 없어요. 또 언제 어떤 소나기가 올지도 모르니까
　　　요."

　신코는 자못 부끄러운 듯이 미소를 지었다.

〈 2 〉

　"하하하하." 준노스케도 신코의 유머러스한 말씨에 마음을 터놓
고 웃었다.

준노스케 "그러니 서로 앞으로 어떤 소나기에도 함께 비에 갇히지
　　　않도록 조심하면 될 것 같습니다. 특히 저는 절대로 명심하
　　　겠습니다."

　준노스케는 마음에 맹세하듯 말했다. 이마 쪽으로 내리쬐는 준

---

7) 천공해활(天空海闊) ; 하늘이 텅 비고 바다가 넓다는 뜻으로 도량이 크고 넓어서
아무 거침이 없는 것을 이르는 한자 숙어.

　　노스케 씨의 시선을 받으면서 신코는 말없이 음미하듯 준노스케의 말을 듣고 있었다.

준노스케 "제가 전에 자주 친구와 가던 '구라라'라는 작은 주점인데
　　　　　손님이 무척 많아요. 스물 세 살인 오빠와 스무 살인 여동생
　　　　　둘이서 3천 엔 정도의 자본으로 시작했다고 하는데 요즘 같
　　　　　은 때는 오빠는 주머니 사정이 좋아서 경마 같은 데 다닌다
　　　　　고 하더라고요. 먹는장사는 잘 되기만 하면 되는 겁니다."

신　코 "네, 그런데 그런 이야기라면 제게 생각할 시간을 좀 주시면
　　　　　좋겠어요."

준노스케 "아, 당연한 말씀입니다. 저는 당신이 어떤 일을 하신다 하
　　　　　더라도 좀 전에 말씀드린 대로 아낌없이 지원하고 싶으니
　　　　　어머니와도 잘 의논해 보시기 바랍니다."

　　말을 마친 준노스케는 여송연을 꺼내 불을 붙이면서 "커피는
저쪽에서 드시지요."라고 말하고는 자리에서 일어났다. 다시 아까
있었던 대합실의 소파에 둘이 나란히 앉자 신코는 한 시간이나 식
사에 시간을 쓴 것을 알아차린 듯 "오늘은 회사에는 안 가시나요?"
라고 물었다.

준노스케 "저는 이제 오늘은 회사 쪽으로는 안 갑니다. 당신은 이후
　　　　　에 무슨 볼일이 있으신가요?"

신　코 "아뇨, 저는 이제 실업자인걸요."

　　신코는 웃으면서 말했다.

준노스케 "허허허허, 그럼 좀 더 함께 있어도 상관없겠네요. 우리 영
　　　　화라도 볼까요? 혹시 저와 함께라면 안 되나요?"
신　코 "아뇨, 같이 가시지요."

　　　신코도 잠시라도 더 준노스케의 다정한 말로 위로받고 싶었다.

준노스케 "어디가 좋으십니까?"
신　코 "데이게키8) 같은 데에서 보는 것을 좋아하는데, 지금 무엇을
　　　　상영하고 있을까요?"

　　　그 말을 듣고 준노스케는 일어나서 로비 구석에 놓여 있는 신
　문 철한 것을 가지고 와서 광고란을 펼치고는 손가락으로 더듬으
　며 찾기 시작했다.

준노스케 "『우라마치(裏街; 뒷거리)』라는 것을 하고 있네요."
신　코 "아, 그거 평판이 굉장히 좋은 영화라던데요."

　　　신코는 한 달 전쯤 예고로 줄거리를 알고 있었다. 가련한 미국
　의 첩 이야기를 다시 한번 머릿속에 떠올라서 속으로 가슴을 설레
　이며 말했다.

신　코 "그거 보실까요?"

　　　신코는 자진해서 권유하듯이 준노스케를 올려다 보았다.

---

8) 帝劇(제극) ; 데이코쿠게키조(帝国劇場, 제국극장)의 준말.

〈3〉

데이게키(帝劇)를 나왔을 때 잠시 저녁때 하늘이 갤 것처럼 보였던 하늘도 다시 은빛의 비가 잦게 내리기 시작했다. 준노스케는 라살(La Salle)이라는 길고 멋진 차로 신코를 바래다주었다. 요쓰야(四谷) 집 근처, 그러나 가능한 한 근처 사람들 눈에 띄지 않는 곳에서 내렸을 때는 아직 6시였는데 겨울날의 저녁때처럼 어두웠고 운전수가 펼쳐 준 자노메우산(蛇の目)9)에 내리치는 물방울 소리가 거세게 느껴졌다.

준노스케 "있잖아요, 잘 생각해 보세요. 전 아직 4, 5일은 여기에 있으니 부디 회사 쪽으로 전화 주시면 좋겠어요."

준노스케의 상냥하고 달콤한 말을 귓속에 남기고 달려가는 차를 배웅했다. 함께 있으면 하나에서 열까지 더할 나위 없는 위로가 담긴 부드럽고 따뜻한 것에 싸여 있는 것 같아, 상대의 호의가 절실히 고맙게 느껴진다. 하지만 그런 만큼 어딘가 숨이 막히는 느낌이 들어, "저녁 식사도 같이 드실까요?"라는 말을 들었지만, "집에서 식구들이 기다리고 있어요."라고 거절한 것은 혼자서 좀 생각하고 싶은 시간이 필요하기도 했고 오래 같이 있으면 허물어져 무너져 버릴 것 같은 자신의 마음을 추스르고 싶다는 생각도 있었기 때문이다.

---

9) 자노메우산(蛇の目) ; 중앙과 둘레를 감색이나 빨간색으로, 중간은 하얀색 등으로 해서 큰 고리 모양의 무늬를 넣은 우산.

언니도 여동생도 없는 어둑어둑한 집안에 멍하니 혼자가 되자, 왠지 모르게 신코는 마음이 몹시 우울해졌다. 미사와에 대한 미련이 아직까지도 마음속에 남아 있어 한 번 미사와를 만나 미와코와의 일을 실컷 힐문하고 싶은 마음은 있었지만, 다른 한편으로는 멋진 주점을 열어 한량들을 상대하면서, 그렇지만 지조를 견고하게 지키며 살아보는 것도 재미있을 것 같다는, 종잡을 수 없는 수심이 계속되었다. 어떤 신세를 지더라도 자신만 정신을 차리고 있으면 어떤 말을 꺼낼 마에카와 씨가 아닌 것은 확실히 알고 있었지만, 그러나 정작 가장 중요한 자신이 제대로 정신을 차릴 수 있을지 어떨지. 그 소나기가 내릴 때 어땠는지를 생각하니 지금 막 본 『우라마치(裏街; 뒷거리)』의 여주인공에 관한 것 등을 종합적으로 생각해보면 정식 결혼 이외의 남녀 사이는 아무리 순수한 사랑으로 이어져 있다고 하더라도 결국 슬픈 것이라고 생각할 수밖에 없었다. 8시가 지나서 2층으로 올라와 잠자리에 누워 빗물 홈통에 떨어지는 빗소리를 외롭게 듣고 있자니 미와코가 밝은 얼굴로 돌아왔다. 아무것도 안 보고 아무것도 안 듣겠다고 얇은 이불밑에서 가만히 눈을 감고 막 잠이 든 것처럼 가장하고 있었다.

미와코 "언니, 자? 안자지? 언니, 있잖아."

미와코가 또다시 신경이 쓰이는 놀리는 식의 말을 한다.

신 코 "뭐야? 시끄러워. 몸이 좀 안 좋으니, 조용히 좀 해줄래?"

신코는 쌀쌀맞게 뿌리치며 눈을 감았다.

미와코 "몸이 안 좋다고? 거짓말하지 마. 아까 딱 걸렸는걸?"

미와코의 말에 신코는 엉겁결에 눈을 크게 떴다.

신　코 "너도 데이게키(帝劇)에 갔었어?"

신코가 무심코 사실을 말해버리고 말았다.

〈4〉

작은 책상 끝에 재떨이도 장식으로도 쓰지 않은 채 놓여 있던 예쁜 작은 접시를 자기 옆에 내려놓고 미와코는 최근에 배운 듯한 서투른 손놀림으로 체리 담배 연기를 그저 뭉게뭉게 뿜어 올리고 있었다.

미와코 "왜냐면 엄청 눈에 띄었거든. 그렇게 근사하고 진기한 자가 용에 멋진 신사와 함께 올라타는 게. 그 사람 누구야?"

신코는 그 이야기를 가로막고 정색을 하며 물었다.

신　코 "미와코, 너 누구랑 데이게키에 간 거야?"

'미사와 씨도 보았을까?' 두근두근 앞가슴에 통증이 밀려왔기 때문이다.

미와코 "클리브 브룩(Clive Brook) 같지 않아? 그 사람 누구야? 언니가 말하면 나도 말해줄게."

　대답이 궁해 주위를 둘러보고는 본 주제와는 다른 말을 해서 넘어가려는 미와코가 교활하게 언니의 질문을 딴 데로 유도하며 자기 질문만을 추궁하기 시작했다.

신　코 "그 사람 마에카와 씨야."

　신코는 미와코를 추궁하기 위해 마음을 다잡고 단호히 말했다.

미와코 "와~. 마에카와 씨가 그렇게 멋진 분이야? 놀랐는데. 너무 멋지던데."

신　코 "너는 누구랑 간 거야?"

　신코는 기회를 놓치지 않고 물었다.

미와코 "나는 말이야……. 아니, 말하는 거 그만둘래."

신　코 "앙큼스럽게. 빨리 말해."

　올려다보는 언니의 눈과 마주치자 금세 엉뚱한 곳으로 시선을 돌렸다.

미와코 "그 사람 말이야, 무척 당황해서 우리는 표를 사고 있을 때 언니들은 나가려는 참이었거든. 그 사람은 비에 젖는 데도 아주 급히 밖으로 뛰쳐나가서 돌기둥에 딱하고 도마뱀붙이 처럼 달라붙어서 그 차를 끝까지 원망스럽게 바라다보고 있 더라고. 그래서 풀이 팍 죽어서는 더 이상 활동사진 같은 거 못보겠다며 그냥 돌아가자는 거야. 미사와 씨는 역시 언니를 무척 좋아했었나 봐."

눈을 커다랗게 치뜨고 천장을 올려다보며 미와코의 말을 듣고 있던 신코의 입아귀에 움찔 힘이 들어갔다. 눈동자 색은 한없이 차가웠지만, 미세하게 좁혀진 눈썹과 턱 언저리를 바라보니 가슴 속의 고민을 지그시 억누르고 있다는 느낌이 생생하게 떠올랐다. 언니의 그런 표정을 여동생은 조금도 눈치채지 못한 채 말했다.

미와코 "직감이야. 나는 오늘 미사와 씨와 함께 나갈 때부터 왠지 모르게 언니를 만날 것 같은, 만나면 난처할 거라는 생각이 들었어. 하지만 그렇게 딱 우연히 만날 줄이야……. 게다가 언니도 혼자는 아니었고. 왠지 간지럽고 묘하게 속이 후련 하고 안심되는 기분이 되어서, 하지만 활동사진은 한 시간 정도밖에 안 봤어. 그길로 긴자(銀座)로 가서 플로리다(댄스 홀)에 들렀어. 그건 미사와 씨가 엉망진창으로 소란을 피우 며 망가지고 싶다고 해서."

〈5〉

신코는 말없이 가만히 듣고만 있었다. 그 대단한 미와코도 조 금 민망한 느낌이 들었는지 잠시 입을 다물고 있다가 이윽고 숙연 한 표정으로 말했다.

미와코 "미사와 씨, 언니를 어지간히 좋아했나 봐. 그래서 자포자기가 되어 소란피우며 돌아다녔던 거지. 게다가 나도 좀 나쁜 짓을 했어. 언니가 가루이자와에서 돌아온 것을 그 사람에게 전혀 말을 안 하고 있었거든. 그러니까 그 사람이 데이게키(帝劇)에서 언니를 발견했을 때, 아주 깜짝 놀라고 말았던 거야. 플로리다에서 근처 주점에 가서 미사와 씨가 하이볼(highball)을 두 잔이나 마시는 거야. 그리고 취해서 신코에게 말을 좀 전해달라는 거야."

신 코 "뭐라고 했는데?"

작은 목소리가 엉겁결에 입 밖으로 나와 중얼거리고 있었다.

미사와 "나는 신코의 행복도 불행도 모르겠습니다. 잘 가요라고 말해 달라는 거야. 언니를 단념해 버린 것 같아. 그 마에카와 씨를 언니의 애인이나 패트런[10]이라 생각한 것 같아. 그분과 언니는 아무 사이도 대체 무슨 사이야?"

신 코 "시끄러워."

언니는 그만 험악한 소리로 내고는 엄하게 나무라며 얼굴을 돌렸다. 자기중심적인 미와코도 언니에게 어지간히 미안하다고 생각한 듯 재빨리 잠옷으로 갈아입고는 전등을 끄고 잠자리 속으로 들어가 버렸다. 그리고 잠시 후 '언니의 남자를 꾀는 등' 뻔뻔하고 대담한 연애를 수행(修行)하고 있는 미와코는 이미 잠이 든 듯 미약한 숨소리를 내고 있었다. 생각하지 말아야지 생각하지 말아야

---

10) 경제적인 후원자.

지 하려고 해도 머릿속에 가득 펼쳐지는 일이라면 차라리 생각하고 또 생각해서 지치고 힘들어지면 그때 자기로 하자고 신코는 어둠 속에서 눈만 말똥말똥 뜨고 있었다. 마에카와 씨와 단 한 번 함께 영화를 봤는데 미사와에게 들켜서 그것이 미사와가 미와코와 함께 놀 구실이 되질 않나, 미사와가 자기를 단념하는 최후의 일격이 되질 않나, '이 얼마나 어처구니없는 일인가!' 하고 쓴웃음을 짓고 싶을 정도였지만 그것을 미사와와 만나 변명할 필요도 굳이 느끼지 못했다.

자신이 집안을 위해서라는 생각에서 한 행동이 공연히 언니의 연극 열정을 더욱 자아내고, 여동생의 제멋대로 하는 행동을 증폭시키고 말았다. 마에카와 씨 가정을 소란스럽게 만들어 부인한테도 안 좋은 취급을 당하고……. 그러니 앞으로도 자기로서는 너무 기특하고 갸륵한 마음가짐으로 행동하기보다 더욱 더 대담하게 나아가야 한다. 사회 규범 따위에 구애받지 말고 좀 더 자기중심적으로 마에카와 씨에게 부탁해서 차라리 주점이라도 열어 달라는 게 나을지도 모른다. 바를 연다고 하면, '이자벨(1909)'이라고, 앙드레 지드(André Gide)의 소설 제목이라도 붙일까?

'사포〈Sappho〉', '엠마〈Emma〉', '클라라〈Clara〉', '레오카디〈Leocadie〉', '마누엘라〈Manuela〉' 등은 순수하긴 하지만, 조금 수수한 느낌이 들고……. 음악의 곡명을 붙인다고 한다면? '그라나다〈Granada〉'나 '다르다뉘스〈Dardanus〉', '라 캄파넬라〈La

Campanella〉'나 '카프리치오〈Capricci〉' 같은 너무 화려하고 거창한 이름은 싫다. 흥얼거릴 수 있는 즐겁고 명랑한 이름이 좋았다. '바·아이리스', '바·미모사'는 어떨까?

빗소리는 어느 틈엔가 끊어졌다. 여동생과 미사와의 일을 생각하면 너무나도 불쾌했다. 아름다운 바의 이름이라도 생각하고 있는 쪽이 신코에게는 최소한의 위로였다.

바 스완
バー・スワン

〈1〉

하수구를 덮은 널빤지 위를 달려오는 일본식 짚신 소리가 나더니 기세 좋게 격자문이 열렸다.

점　원 "난조 님, 전화 왔어요."

남자 점원의 목소리가 집안을 울렸다. 식탁을 둘러싸고 있던 자매들은 동시에 눈을 마주쳤다. 신코는 마에카와 씨로부터의 전화라 생각하여 급히 일어나려고 하자,

미와코 "내 전화야."

미와코는 느긋하게 말하고는 재빨리 거실로 뛰어나갔다. 생각해 보니 마에카와 씨에게 호출 전화번호를 가르쳐 준 적이 없었다. 신코는 자기도 모르게 얼굴을 붉히고는 다시 젓가락을 집어 들었다. 얼마 안 있어,

미와코 "재즈, 어, 램프. 샤이닝, 브라이트, 인, 어, 캐빈. 인 더 윈도우, 잇츠, 샤이닝, 포, 미. 앤드, 아이, 노, 댓, 마이, 마더, 이

즈, 플레이인. 샤이닝, 부라이트, 인, 어, 캐빈. 인 더 윈도우,
잇츠, 샤이닝, 퍼, 미. 앤드, 아이, 노, 쟷, 마이, 마더, 이즈,
플레이인……."

미와코는 달콤한 코맹맹이 소리로 시원시원하게 노래를 부르며
돌아왔다.

게이코·신코 "누구한테 온 거야?"

게이코와 신코가 동시에 물었다.

미와코 "친구야. 포, 더, 보이, 시, 이즈, 롱기인, 투, 시……. 나 밥
　　　다 먹었어. "

　　머리를 까딱거리 말하고는 2층으로 올라가 버렸다. 신코는 미
사와한테서 온 전화일 거라는 생각에 더욱더 눈앞에 차가운 철문
이 꽉 닫혀버린 기분이 되었다. 나중에 마에카와 씨에게 편지로
'말씀하신 대로 '주점'을 하기로 결정했습니다.'라고 쓰겠다고 순간
적으로 생각하면서 자신의 마음의 상처를 위로했다. 미와코는 양
장을 입고 화장을 한 얼굴로 내려와서는 바로 신코의 어깨를 붙잡
고 말했다.

미와코 "나 용돈이 좀 필요해 언니."

신　코 "한 달에 20엔으로도 부족하면 어떻게 해. 요즘은 30엔 정도
　　　쓴다고 엄마가 불평하던데. 너무 많이 쓰는 거 아냐?"

미와코 "너무 많이 쓰는 것도, 쓰지 않는 것도 아냐. 실제로는 너무

44

나 초라하거든. 친구에게 주눅이 들어 살 수가 없어."

신　코 "교제하는 것은 거절하면 되잖아? 어젯밤에도 영화 보러 갔
　　　다 왔잖아."

　　신코는 심술궂게 비아냥거리는 표정을 지었다.

미와코 "언니는 못된 사람이야, 좋아, 알았어. 한 푼 없어도 어떻게
　　　든 되겠지 뭐."

　　미와코는 뽀로통해져서 '획' 하고 뒤를 향해 성큼성큼 걸어가려
　고 하는 것을 엄마가 말린다.

엄　마 "볕이 한창 내리쬐는 이 시각에 나가면 병에 걸리고 말 거
　　　야. 그만둬."

미와코 "내가 얼음도 아니고, 녹지는 않을 테니 걱정하지 마."

　　미와코가 엄마한테까지 화풀이를 하고 신발을 신고 있을 때 신
　코가 다가가서 말한다.

신　코 "언니도 돈이 없어. 이것뿐이야. 자, 가지고 가."

미와코 "필요 없어."

　　미와코는 등을 돌린 채 격자문을 닫고 뛰쳐나갔다.

　　〈2〉

　　그날 밤, 12시를 알리는 종은 이미 쳤는데도 켜놓은 전등불 아

래에 모기장은 널찍하게 쳐져 있었고 미와코의 잠자리는 텅 비어 있었다. 신코도 반감을 띤 기분으로 텅 빈 잠자리에 등을 돌리고 오늘 밤은 미와코가 돌아오기 전에 어떻게든 잠을 자야지 하고 생각했다. 그리고 잠들기 위해 뭔가 시시한 옛날 잡지라도 읽으려고 잠자리에서 기어 나와 책상 앞에 무릎걸음으로 다가가자, 아래층에서 살며시 어머니가 올라오는 발소리가 났다.

엄 마 "애야! 아직 안 자니? 신코야 어떻게 된 거야? 미와코는. 늦어도 이런 일은 지금까지 없었는데……."

가까이 다가와서 작은 소리로 불안한 듯이 말했다.

신 코 "괜찮을 거에요, 엄마."

엄 마 "하지만 벌써 1시야."

신코는 같이 있는 일행이 미사와라는 것을 알고 있었기 때문에 걱정할 필요는 없다고 생각했다.

신 코 "아이카와(相川) 씨 댁에라도 가서 자고 오는가 보죠."

엄 마 "그런데 친구들은 모두 피서하러 갔다고 말하며 투덜대고 있었는데……."

신 코 "그럼 피서지에라도 같이 가자는 말을 들은 거 아닐까요? 오늘 나갈 때 용돈 달라고 했으니까……."

엄 마 "그런가? 이렇게 늦어지는데 짐작 가는 데에 전화를 걸 수도 없고, 내일 돌아오면 잘 알아보고 혼 좀 내줘. 내가 하는 말은 무시하고 전혀 듣지 않으니까."

어머니는 다시 장황하게 불평을 늘어놓으면서 아래층으로 내려갔다. 거즈[Gaze]로 만든 유카타를 입은 엄마의 모습이 공기가 빠진 풍선처럼 작고 불쌍하게 보여 마음이 좋지 않았다. 하지만 신코는 더 이상 미와코의 일 따위를 걱정해 줄 생각은 없었다. '미와코는 과감하게 미사와에게 줘 버려. 그리고 그로 인한 내 마음의 상처를 치유하기 위해서는 마에카와 씨의 호의를 받아들여 색다른 새 생활로 뛰어들어 보는 거야. 그 덕분에 집안 생활이 안정된다면 엄마도 틀림없이 기뻐할 거야.' 신코는 그렇게 결심하고 나니 의외로 기분이 안정되어 잠을 이룰 수가 있었다.

이튿날 아침 눈이 뜬 것은 8시였다. 미와코의 잠자리는 어젯밤 그대로 조금도 흐트러지지 않았다. 오후가 되어도 미와코는 돌아오지 않았다. 2시경에 어머니가 미와코가 걱정이 되어서 어젯밤 제대로 자지 못한 듯 2층으로 올라왔다.

엄　마 "미사와 씨의 어머니가 뭔가 할 이야기가 있다고 해서 오셨어. 네가 잘 알고 있으니, 내려와서 이야기를 들어 드릴래?"

신　코 "금방 갈게, 조금 치장 좀 하고……."

신코는 다시 가슴이 찔리는 생각이 들었지만 금방 가라앉히고는 머리 모양과 옷매무새를 단장했다.

〈3〉

나이가 든 사람끼리 장황한 인사가 끝나면 기회를 보아 얼굴을 보이려고 거실에서 객실 방의 이야기를 듣고 있으니 아니나 다를까 미와코는 미사와와 어젯밤 하룻밤을 보낸 것 같다. 신코의 어머니는 예기치 못한 일뿐이어서, '어머나!'라든가 '저런!'과 같은 감탄사로만 대답했다. '신코가 오랫동안 교제하고 있었던 것 같은데, 미와코마저 그럴 줄은 몰랐습니다. 너무 놀랐습니다.'라며 어이없어했다.

미사와 어머니 이야기에 의하면 미와코는 어젯밤 미사와와 함께 가마쿠라(鎌倉)나 이즈(逗子)쪽으로 놀러 갔다가 오늘 아침에 같이 미사와 집으로 돌아왔는데, '집에 돌아가면 꾸중을 들을 테니, 아주머니가 가서 이야기를 좀 잘 해 주세요.' 하며 방약무인[11]의 떼를 쓰고 있었다고 한다. "신코!"라고 엄마가 불러서야 신코는 맹장지를 열고 상반신을 슬쩍 내비쳤다. 신코와는 몇 번이나 만난 적이 있는 미사와의 어머니가 사근사근하게 인사했다.

미사와 어머니 "오랜만이네요. 가루이자와에 갔다 왔다고 하던데 조금 살이 빠진 것 같기도 하고……."
신 코 "네."

신코는 상냥하게 웃으며 말했다.

---

11) 傍若無人 ; 안하무인.

미사와 어머니 "어젯밤은 심려를 끼쳐드려 죄송합니다. 미와코 씨가
　　　　　　저희 집에 계시거든요."

신　코 "그 애는 정말 제멋대로라서요. 폐를 끼쳐 정말 죄송합니다."

　　신코는 이미 각오를 하고 있었기 때문에 솔직히 대답할 수 있
었다.

미사와 어머니 "아니에요."

　　미사와의 엄마는 잠시 신코의 기분을 살피는 듯 가만히 시선을
마주치더니 신코의 맑고 조용한 눈동자와 부딪치자 안심이 되는
것 같았다.

미사와 어머니 "뭐라고 할까요? 이렇게 아닌 밤중에 홍두깨 같은 이
　　　　　　야기입니다만, 젊은 사람 사이에 실수가 생기기 전에 차라리
　　　　　　미와코 씨를 며느리로 맞이했으면 하는데요."

신　코 "미와코 말인가요?"

　　미사와 어머니의 말이 끝나기도 전에 신코의 어머니는 깜짝 놀
라 되물었다.

미사와 어머니 "네. 어젯밤 같은 날도 그렇고……."

　　미사와의 어머니는 잠시 여러모로 생각하는 것처럼 말을 멈추
고 신코에게 말했다.

미사와 어머니 "신코 씨와도 한번 잘 의논해 보고 싶다는 생각은 하
　　　　　　고 있었습니다만……."

　그 말을 듣고 신코는 얼굴을 붉혔지만, 그러나 자세를 바로잡고 자기 엄마에게,

신　코 "엄마, 미와코는 어린아이 같지만 그래도 아주 자상해서 세세한 데까지 신경을 쓰잖아요. 게다가 음악을 잘 이해하고 있으니, 차라리 미사와 씨에게 아내로 맞이해 달라고 부탁하는 것이 어때요?"

　신코의 엄마는 '너는 그래도 되는 거니?'라고 말하는 듯, 연신 눈을 깜박거리고 있었다.

　　〈4〉

　신코는 위급한 사태에 직면하여 용감하고 냉정하게 자기 분수를 지켰다. 그로 인해 신경질적으로도 되지 않았거니와 희생주의를 지나치게 내세우지도 않았다. 미사와를 눈 깜짝할 순간에 미와코에게 빼앗게 버린 것도 생각해 보면 지금까지의 신코의 생애에서 몇 번인가 있었던 것과 크게 다르지 않았다. 아름다운 기모노(着物)는 언니 게이코에게, 신코는 늘 헌 옷을 입었고, 큰 과자는 언제나 여동생 미와코의 몫으로 정해져 있었다. 어린 시절이 지나서 큰 과자가 애인이 되어 그것을 여동생에게 건네주었을 뿐이다. 그냥 그것으로 끝난 이야기인 것이다. 이런 참을성에는 너무나도 익숙해져 버린 신코였다. 도쿄(東京) 시타마치(下町) 초등학생들

이 장단에 맞춰 노래하는 '만나카마구소(真中まぐそ)12), 집어던
져 버려!'라고 하는 것이, 난조(南條) 집안의 신코의 경우인 것이
다. 언니는 손위이기 때문에 거드름을 피우고, 여동생은 손아래이
기 때문에 어리광을 부린다. 하지만 미사와에 대해서는 좋은 기분
은 들지 않았다. 너무나도 쉽게 배반당한 자신이 가엾게 느껴지고
그 충격에 익숙하게 될 때까지는 상당히 긴 시일이 걸릴 거라는
각오가 필요했다. 각오의 토대를 쌓기 위해, 직접 자신의 상처를
치유하기 위해 신코는 드디어 마음을 굳혔다. 더 이상 엄마와도
의논하지 않았다. 신코는 간단히 마에카와 씨에게 편지를 썼다.

*지난번에는 실례가 많았습니다. 집에 돌아와서 여러모로 생각했습니
다. 염치없지만 모든 것을 당신께 의지하기로 마음을 정했습니다. 아무
쪼록 잘 부탁드립니다.*

*여동생은 이번 가을에 결혼할지도 모릅니다. 이제 저도 저를 위한 생
활을 하고 싶습니다. 「주점」의 이름을 무엇으로 해야 할지 고민입니다.
이것저것 생각해 보고 있습니다.*

신코 근배

그 답장은 그 이튿날 신속하게 도착했다.

---

12) 한가운데는 말똥 ; 삼 형제자매의 한 가운데 아이를 가리켜서 말하는데, 한가운데
    아이는 늘 손해만 본다고 한다.

 *보내주신 편지 잘 받아보았습니다. 지난번 헤어지고 나서 지인에게
적당한 장소와 집을 알아봐달라고 부탁했습니다. 긴자(銀座) 뒤에 기생
집 매물이 있다는 것, 그러나 당신으로부터 회신이 있을 때까지는 공허
한 것이었습니다만, 보내주신 편지로 불끈 용기가 솟아 저도 잠깐 보고
왔습니다. 장소도 상당히 좋고 옆집은 담배 가게이며 상량(上樑)13)은 하
나여서 기분 좋은 '주점'이 되리라 확신합니다. 너무 여기에 오래 있는
바람에 입장이 좀 난처해졌습니다. 모레 가루이자와 쪽으로 갈 예정으로
내일 오후는 시간이 좀 있으니 괜찮으시면 그 집을 보러 가시지 않겠습
니까? 오후 1시에 쇼센(省線)14) 요쓰야(四谷) 역 앞에서 맞을 채비를 하
고 있겠습니다.*

 *오실 수 있으면 따로 회신은 하지 않으셔도 됩니다. 만일 사정이 여의
치 않으시면 전화로 알려 주시기 바랍니다. 제가 어젯밤에 생각한 주점
의 이름, '바・스완'은 어떻습니까? 여동생께서 결혼하신다니 당신의 신로
(辛勞)15)가 크시겠네요. 그럼 뵙고 나서 이런저런 이야기 나누도록 하겠
습니다. 이만 줄이겠습니다.*

준노스케(準之助) 드림

 우체통에 넣고 나서 2시간 만에 온 속달 같은 편지였다. 신코는
그 편지를 읽자, 당장 그날 중에라도 준노스케를 만나고 싶다는
생각이 들었다.

---

13) 마룻대, 골조.
14) 민영화 이전에 철도성・운수성이 관리하고 있던 시절의 철도선 명칭.
15) 괴로움과 수고로움.

〈5〉

모든 것을 준노스케에게 맡기고 8월은 이렇다 할 일 없이 보냈
다. 9월도 이미 절반이 지나가고 있다. 하늘은 온통 잔뜩 찌푸린
안개구름으로 덮여 있는데도 거리 가장자리에서 '확' 하고 햇살이
들어와서 어두운 거리에 건물의 그림자가 또렷이 나타나서 지나
가는 사람들의 얼굴이 눈부실 정도로 선명하게 보인다. 바스락바
스락하고 잎이 우거진 가로수에 뜻미지근한 바람이 유유히 불
어오는, 계절이 바뀌는 시기의 저녁에 흔히 볼 수 있는 거센 비바
람이었다. 오늘 아침에 준노스케로부터 전화가 걸려왔다.

준노스케 "가게가 다 지어졌으니 보러 오세요. 6시경이라면 저도 갈
수 있을 것 같습니다."

긴자(銀座)의 큰길에서 두 번째 뒷골목의 신바시(新橋) 쪽으로
기생집이 두세 채 늘어서 있는 장소인데 "세 놉니다"라는 종이가
비스듬하게 붙어있던 집을, "여기에요."라며 단 한 번 보여 준 것
을 끝으로 준공할 때까지 보러 오지 말라는 준노스케의 말을 굳게
믿고 있었기에, 어떤 집으로 지어졌을지를 전혀 상상할 수 없었
다. 확실히 기억하고 있는 장소를 엔타쿠[16] 운전수에게 가르쳐주
었는데 막상 거기에 가보니 하마터면 지나쳐버릴 뻔했다.

신 코 "아, 여기, 여기에요."

---

16) 円タク, 택시.

자기도 모르게 신바람이 난 신코는 소리를 지르고 말았다. 주위가 주위이니만큼 현대식 구조의 집이 확연히 눈에 띄었다. 보기에는 남유럽풍의 밝고 아담한 구조로 문은 뭔가 붙박이로 만들어 놓은 것 같이 활짝 열려 있었고, 감색 한텐(半纏)17)을 입은 남자가 파초(芭蕉) 화분 뒤에서 힐끗힐끗 움직이고 있었다. 이야, 그 단시일 내에 이렇게 변화시킬 수 있는 것이구나라는 생각이 들었다. 미끄러질 듯한 마루를 깐 곳의 중앙에 골동품 같은 이탈리아제의 수반이 놓여 있고, 낮고 낙낙한 소파에 그에 잘 어울리는 목제의 미술적인 작은 탁자를 둘러싼 형태로 정교하게 배치되어 있었다. 하얀 벽에 설치되어있는 눈을 호강하게 하는 장식용 선반, 벽에 걸려 있는 멋진 직물과 금속제 장식물, 그 어느 것 할 것 없이 모두 여유 있는 시적 정취와 놀랄 만한 사치스러움이 담겨 있었다. 막다른 곳 스탠드18) 위의 벽에 있는 수채화 속에 스완[백조] 두 마리가 긴 목을 늘어뜨리고 있었다. '바·스완' 준노스케의 밝은 기분이 신코의 눈앞에 춤을 추며 나타났다.

목 수 "바 뒤에서 2층 방으로 가실 수 있어요."

목수의 대장 격으로 보이는 남자가 신코에게 말을 걸었다. 바·스탠드 뒤에 다다미 넉 장 반짜리 방이 있고 거기에서 2층으로 가는 좁은 계단이 있다. 올라가 보니 아담한 방 하나가 아늑하게 장

---

17) 하오리(羽織 ; 일본 옷 위에 입는 짧은 겉옷)와 비슷한 짧은 겉옷.
18) 바텐더와 손님 사이에 칸막이 대가 있는 술집.

식되어 스프링의 편안한 소파·침대와 삼면경[19], 간단한 옷장이 놓여 있었다. 그 모든 면에 빈틈없이 녹아있는 시원시원함에 신코는 망연히 서 있었다.

〈6〉

준노스케 "신코 씨, 2층에 계시나요?"
신　코　"네. 아래로 내려갈게요."

　　오랜만에 듣는 그리운 준노스케의 목소리가 났다. 신코는 허겁지겁 자기도 모르게 목소리와 동작이 몹시 들떠 친근감과 고마움으로 밝고 싱글벙글한 모습으로 계단을 뛰어 내려가 가게 앞에 서 있는 준노스케 옆으로 바싹 다가갔다.

준노스케 "오랜만이네요. 어때요? 조금 마음에 드시나요?"
신　코　"정말 이렇게까지 하나에서 열까지 모든 것을 마련해 주셔서 정말 감사합니다. 가루이자와에서는 언제 돌아오셨어요?"
준노스케 "4, 5일 전에요. 매일 여기에 들렀었는데 전부 마무리되고 나서 연락드리려고 전화를 좀 참았습니다."

　　맨 처음 손님처럼 두 사람은 테이블을 사이에 두고 소파에 앉았다. 준노스케가 목수에게 말한다.

준노스케 "전화는 역시 안쪽이 좋겠군. 다다미 넉 장 반짜리 방의 계

---

19) 三面鏡 ; 거울 세 개가 옆으로 나란히 붙어 있어 세 면을 볼 수 있는 거울.

　단 어귀에 설치해 주게."

목　수 "네, 일단 판(板)만이라도 달아 두겠습니다."

신　코 "어머나! 전화까지 달아 주시는 거예요?"

　신코는 기쁜 마음을 다 감추지 못한 채 웃는 얼굴로 머리를 숙였다. 서투른 감사 인사를 하기보다 말을 하지 않고 그냥 있고 싶었다. '커다란 은혜에 대해서는 감사함을 표현하지 않는다. 즉 고마워서 감사의 말을 찾을 수 없다.'라는 고어(古語)가 있다. 이렇게 하나에서 열까지 해 주면 '고마워요.'라는 말을 몇백 번 반복해도 부족하다고 신코는 생각했다.

준노스케 "바텐더(bartender)는 구해 놓았어요. 프랑스에 오랫동안 있었던 남자로 칵테일에는 일가견이 있는 친구입니다. 성격은 좀 고약해도 사람은 몹시 정직한 친구이니 양주 구입 등은 일체 맡기면 될 것입니다. 당신은 카운터를 맡아서 하고 웨이트리스(waitress)는 성격이 좋은 소녀 2명 정도 고용하는 것이 어떻겠습니까?"

신　코 "네."

준노스케 "개업은 길일에 하는 것이 좋으니 그런 것을 잘 아는 사람에게 물어보았는데 당신은 육백(六白)[20]이니 이번 달은 혼담과 돈에 관한 의논은 좋습니다. 12일이 대길일(大吉日)이었지만, 당신 해에는 불길한 날이고 20일의 '센쇼(先勝; 음양

────────────────────

20) 음양가에서 구성(九星)의 하나인 '금성'을 이르는 말로 방위는 건방인 서북쪽.

　　도에서 급한 일이나 송사 등의 길일)'가 좋다고 하네요."

신　코 "어머! 그런 것까지 신경써 주신 거예요."

준노스케 "하하하하. 이런 물장사는 길흉을 몹시 가리는 쪽이 좋지
　　　　않겠습니까? 경찰에 신고하는 일 등은 제가 하겠습니다. 신
　　　　코 씨는 내일이라도 신문에 광고를 내서 마음에 드는 웨이
　　　　트리스(waitress)를 찾아보세요."

신　코 "네."

　　준노스케는 목을 움츠리고 웃었다. 신코는 긴 말이 나오지 않
　았다.

준노스케 "신코 씨가 잘 보시고 부족한 데가 있으면 사양치 말고 말
　　　　해 주세요. 바텐더가 될 스즈키(鈴木)라는 남자에게 모든 것
　　　　을 부탁해 두었으니 대략 괜찮겠지만…… 앞 간판의 네온사
　　　　인은 연보랏빛이 좋지 않겠습니까?"

신　코 "네."

　　신코는 하마터면 눈물을 흘릴 뻔했지만 어찌할 바를 모르는
　기쁨에 빠져들었다.

의용 웨이트리스
義勇女給

〈 1 〉

이제 엄마와 언니 동생에게, 적어도 엄마에게는 잠자코 있을 수만은 없었다. 그러나 특별한 이유도 없는데 마에카와 씨가 멋진 가게를 차려주었다고 하면, 엄마는 이해하지 못해 불안하게 생각할 것이고, 자기중심적인 언니는 또 우쭐해서 마에카와 씨에게 어떤 것을 부탁할지 모른다고 생각해서 그냥 마에카와 씨에게 부탁받아서 '가게 감독'이 된 것이라고 말해 두면 괜찮지 않을까 싶었다. 아야코(綾子) 부인도 이미 귀경해서 마에카와 씨도 부인의 체면을 생각해 일찍 귀가해 버렸고 신코가 집에 돌아온 것은 7시 반경이었다. 엄마 혼자 있을 때 이야기하면 좋았을 텐데 새로운 생활을 시작하는 즐거움을 완전히 억누를 수 없어 그만 미와코가 있는 데에서 이야기하고 말았다.

미와코 "어머! 그 주점 마에카와 씨가 하시는 거야?"

신　코 "응, 취미로 하시는 거래."

미와코 "멋지겠네."

신　코 "응, 무척 마음에 드는 집이야."

미와코 "신문 광고 같은 거 해도 좀처럼 미인들은 안 와. 내 친구 중에 적당한 애가 있어. 데리고 갈게."

신코는 미와코를 보면서 여동생도 전혀 도움이 안 되는 것도 아니구나 생각했다. 미와코의 친구라면 여학교는 나왔을 테고 현대적 처자일 거라고 생각했다.

신 코 "그런데 네 친구 중에서 그런 데에서 일할 만한 사람이 있겠어?"

미와코 "한 명 있어. 정말 일하고 싶다더라고. 예전에 친했던 애야. 아주 이쁘고 귀여운 애야."

신 코 "그래? 그럼 당장 데리고 와서 좀 보여줘."

미와코 옆으로 와 앉으니 미와코도 흥분한 듯 아름다운 솔개처럼 눈을 반짝반짝거리고 있었다.

미와코 "언니. 나도 일하게 해 줘. 있잖아, 내가 아는 남자애들 많이 끌고 올게."

신코는 처음에는 미와코가 농담하고 있는 거라고 생각했는데 그녀는 더욱 더 두 눈을 반짝이며 말했다.

미와코 "나 정도면 괜찮지 않아? 서로 감시하면 되잖아. 마에카와 씨는 스마트하고 부자이어서 언니 혼자는 위험해."

신 코 "무슨 소리를 하는 거야? 너는 미사와 씨랑 결혼할 거잖아?"

미와코 "그렇게 빨리 결혼 같은 건 하고 싶지 않아. 따분하고 재미

없어. 게다가 미사와 씨의 월급은 얼마 안 돼. 내 용돈 정도
는 내가 벌면 좋을 것 같아. 그러니 나를 좀 써 줘. 내일 같
이 가게에 가자, 응?."

신코는 역시 미와코에게는 나중에 이야기할 걸 후회했다.

신　코 "안 돼요, 포기하세요."
엄　마 "정말 미사와 씨의 어머니께서도 어떻게 말씀하실지 모르는
　　　일이고."

옆에서 어머니가 둘 사이에 끼어들었다.

미와코 "여하튼 개업 때 친구를 데리고 가 볼 거야. 가 보기만 하는
　　　건 괜찮지?"

미와코가 능글맞게 웃었다.

〈2〉

아무리 상이 잘 차려져 있어서 젓가락을 들기만 하면 된다 하
더라도 경험이 없는 일이니만큼 개업일이 다가옴에 따라 안절부
절못하면서도 가슴이 설레는 기분이 들었다. 2, 3일 후에 미와코
가 친구인 스기타 요시코(杉田よし子)라는 처자를 데리고 왔다.
용모가 예쁜 것은 아니었지만 피부가 희고 몸매가 홀쭉하고 날씬
해서 다들 싫어하지는 않을 타입이었다. 자못 주점의 웨이트리스
에 어울릴 것 같은 처자였다. 준노스케가 전에 회사에서 썼다는

웨이트리스 출신의 처자를 한 사람 소개해 주었다. 피부색이 거무스름하고 작고 아담하고 귀여운 용모인 데다가 몸도 튼튼해서 정말 일을 잘할 수 있을 것 같아 보였다. 다에코(妙子)라고 부르기로 했다.

안내장은 주로 준노스케 지인 관계자에게 배부했다. 20일, 드디어 개업하는 날이다. 미와코가 "언니 오늘은 내가 어떻게든 도와줄게."라고 말해 준 것이 믿음직스럽게 생각되었을 정도로 걱정이 되는 날이었다. 4시에 가게 문을 열었다. 처음 1시간 반 정도는 손님이 없었지만 6시 가까이 되자 신기한 것을 좋아하는 긴자(銀座) 맨(man)들이 한 사람 두 사람 들어오더니 소파와 의자에 다 앉을 수 없어서 예비용 작은 의자까지 꺼낼 정도로 성황이었다. 그냥 도와주러 온다던 미와코가 큰 활약을 하며 손님 주문 등을 야무지게 수행하고 있었다. "새로 오신 손님이에요. 조니워커 킹 조지(위스키)가 2개, 그리고 소시지가 2개" 등과 같이 요시코와 다에코를 이리저리 부리며 분투하는 모습에, 신코는 역시 그래서 여동생이 도와주는 것에 자신 있다는 듯 말한 것이구나 하고 납득하며 스탠드 뒤에서 계속 미소를 짓고 있었다. 더욱이 '베이비(baby)・에로(ero)'라고 해도 좋을 만큼, 미와코의 하얀 스커트에 노란 민소매 블라우스를 입은 모습은 모든 손님들의 주목의 대상이 되어, 어느샌가 누가 이름을 물어서 가르쳐주었는지, "미와코 씨. 미와코 씨." 하며 서로 끌어가려고 안달이었다. 신코는 미와코가 지

니고 있는 강한 성적 매력에 놀라면서, '여동생을 쓰면 가게가 번
창하는 것은 의심할 여지가 없지만, 그렇다고 쓰기도 좀 그렇
고…….' 결단을 내리지 못하고 있었다.

준노스케는 만일 형편이 닿으면 개점의 상황을 보러 오겠다고
말했지만 끝내 오지 않은 채 9시 가까이가 되어 전화로 소식을 전
해왔다.

준노스케 "어때요? 경기는?"

신코는 두근두근 가슴을 설레면서 말했다.

신　코 "경기가 아주 좋아요. 잠시 오시지 않겠어요?"
준노스케 "이미 집에 돌아왔어요."
신　코 "어머나, 집에서 거시는 거예요?"
준노스케 "네."
신　코 "아이, 재미없어."

신코는 뭔가 부족한 생각이 들어 자기도 모르게 그런 경박한
말씨를 쓰고 말았다. 이렇게 가게를 차려주니 단지 출자자라는 것
에 대한 감정 이외의 것이 이미 가슴속에 생겨버린 것이었다.

　　〈3〉

최상의 개업일, 그다음 날이었다. 아직 해가 지고 얼마 안 된
7시경에 미와코가 친구 5명을 데리고 기세 좋게 힘차게 몰려들어

왔다. 그중에 아이카와(相川) 씨라는 아가씨는 신코도 한두 번 얼굴을 본 적이 있는 미와코의 친한 친구였지만 다른 4명은 한 번도 본 적이 없는 청년들로 미와코의 남자 친구들인 것 같고, 미와코가 그 청년들을 대하는 태도는 그야말로 안하무인이었다.

미와코 "언니, 이 정도 손님을 데리고 오면 대단한 것이지? 다들 술 마시는 사람들을 모은 거야. 게다가 계산을 조금 비싸게 받아도 괜찮아. 특히 이 사람은 말이지. 오무라(大村) 씨라는 대(大) 부르주아(큰 부자)야."

미와코는 키가 크고 안경을 쓴 청년 어깨에 허물없이 손을 올리고는 버릇없이 소개했다. 신코는 처음으로 마담처럼 붙임성 있는 웃음을 띄워 보이면서도 마음속에서는……. 여동생이 이렇게 누구누구 할 것 없이 교태를 부려도 괜찮을까 하고 미사와에 대한 앙심은 잃어버린 채 조마조마한 생각이 들었다. 다들 가게 한구석에 자리를 잡자, 미와코는 빅트로라(victrola) 옆으로 달려가서 레코드·박스에서 '볼레로(스페인어) bolero'를 꺼내어 빅트로라에 올려놓았다. 가게 안은 갑자기 로맨틱한 분위기가 되었고, 신코도 여동생의 대담한 언동에 난처해하면서도 역시 기분이 즐거워졌다. 남자들 앞에는 맥주가, 미와코와 아이카와(相川) 앞에는 바텐더가 창안한 알코올 성분이 적은 아베크·모어·칵테일이 놓여 있었다. 모두 일제히 잔을 들었다.

청　년 "미와코 양의 언니를 위해 치리오(cheerio)!"

미와코 "미와코를 위해서도 치리오(cheerio)!"

　미와코가 직접 잔을 들었다.

청　년 "미와코 양도 뭔가 축하할 일이 있는 거야?"

　청년 중의 한 사람이 말했다.

미와코 "아주 많이 있어. 미와코, 곧 결혼할지도 몰라."

청　년 "어! 누구랑 하는데?"

미와코 "누구라도 상관없잖아? 조만간 알게 될 거야."

　미와코는 남자아이처럼 말했다. 점점 손님이 빽빽이 들어찼다. 8시 무렵 마에카와(前川; 마에카와 준노스케)가 친구 2명과 손님을 가장하여 들어왔다. 그리고 음악과 젊디젊은 웃는 소리와 술 향기에 흐려지고 희미해지면서 쾌활한 공기가 소용돌이치는 모습에 만족해하고 기뻐하면서 미와코 일행 그룹 바로 옆에 자리를 잡았다. 신코는 마에카와가 들어온 것을 바로 알아차렸지만, 그때 마침 다른 손님에게 서비스를 하고 있었고, 요시코와 다에코도 주문한 것을 나르고 있어서 아무도 금방은 주문하러 가지 못했다. 그것을 보고 미와코는 친구에게 말했다.

미와코 "미와코의 웨이트리스 모습을 잠깐 보여줄게."

　미와코가 귀엣말을 하더니 갑자기 자기 자리에서 일어나서 마에카와 테이블로 가서 말했다.

미와코 "어서 오십시오. 무엇을 드시겠습니까?"

준노스케 "위스키. 올드 파(Old Parr) 주세요."

미와코 "여러분 모두 올드 파(Old Parr)로 하시는 건가요?"

마에카와 21) "네."

　　마에카와는 '이런 귀여운 처녀를 신코는 언제 찾아낸 걸까?' 하고 놀란 듯 대답했다.

　　　〈4〉

　　'네.'라고 답한 마에카와의 말에 사람 말을 흉내 내는 앵무새처럼 미와코도 "네." 하고 짧게 똑같이 끄덕이며 보고있다가 돌연 친밀하게 눈동자를 번쩍이며 말했다.

미와코 "이제 알겠네요. 당신이었군요."

　　마에카와는 놀라서 고개를 갸웃거렸다.

마에카와 "당신이군요, 라는 게 뭔가요?"

미와코 "됐어요. 됐어. 아무것도 아니에요."

　　미와코는 여학생 풍의 친밀한 말씨를 남기고는 바·스탠드 쪽으로 뛰어가 버렸다.

일　행 "귀여운 아이이네요. 조금 취한 것 같기도 하고. 그러네요."

---

21) 본문의 '마에카와'는 앞서 등장한 '준노스케'와 동일 인물이다. 원문에서도 초반에는 이름 '준노스케'로 이후에는 성 '마에카와'로 표기되어 있다.

　　마에카와 일행은 그런 말을 서로 주고받고 있었다. 신코는 마에카와가 어떤 부류의 친구와 함께 와 있는지도 모르고, 그렇다고 하더라도 여기에 온 이상 자기가 인사하러 가도 상관은 없을 테지만 되도록이면 일반 손님처럼 응대하는 것이 좋을 것 같다고, 어느샌가 음지의 여자가 할 법한 걱정을 하고 있는 자신이 쓸쓸하게 여겨졌다. 그렇다고 하더라도 데이게키(帝劇)에서 마에카와와 준노스케를 힐끔 보고 알아차렸을지도 모르는 미와코가 같이 온 일행은 아랑곳 없이 쓸데없는 말을 꺼내지는 않을까 불안한 생각이 들었다. 미와코는 바텐더에게 마에카와의 주문을 전달하고는 언니 옆으로 뛰어와서 귀 뒤에 대고 말했다.

미와코 "언니의 그 사람, 저기 와 있는데?"

신　코 "무슨 소리를 하는 거야? 너, 일행분들 있으니까, 쓸데없는 소리 하지 마."

미와코 "나도 알고 있어. 내가 여동생이라고 말하지도 않을게. 웨이트리스 같은 표정으로 말이야. 근데 멋져~, 정말 멋져~."

　　신코가 거듭 주의를 주려고 하는 사이에 미와코는 이미 바텐더로부터 위스키 병과 리큐어(liqueur) 잔 그리고 낙화생을 얹은 은제 쟁반을 받아, 시치미 떼며 마에카와 자리로 가지고 갔다. 이런 남성을 상대로 하는 곳에 오니 미와코는 더욱더 타고난 코케트22)였다. 어릴 때부터 옛날이야기와 현실의 차이가 없거나 사람들 앞

---

22) (프랑스어) coquette, 요부.

에 서서 남들이 와글와글 떠들어 대면 더욱더 기고만장해지는 성질은 순식간에 그 본성을 발휘해서 남에 대한 봉사가 아니라 그녀 자신이 그 분위기 속에 녹아들어 더욱 신이 나기 시작했다. 자연스럽게 그녀의 즐거움은 남자들을 즐겁게 하는 말과 몸짓으로 나타나는 것이었다. 마에카와가 신코의 여동생이라고는 도저히 알아차릴 수 없을 정도로 그녀의 웨이트리스 모습은 완벽한 조화를 이루고 있었다.

마에카와 "자네는 몇 살인가?"

미와코 "18……."

마에카와 "이름은 뭐라고 해요?"

미와코 "아직 이름은 없어요. 아마 '미미'라고 하게 될 것 같아요."

마에카와 "진짜 이름은 뭐야?"

미와코 "그냥은 가르쳐주지 않겠어요. 여기 앉아도 되죠?"

혼자 앉아 있는 마에카와 옆에 바싹 달라붙어 슬쩍 자기 일행들에게 '어때요?'라는 의미가 담긴 윙크를 보냈다.

〈5〉

갑자기 미와코가 옆에 앉자 마에카와와 2명의 일행은 요정같이 아름다운 처녀에게 한시도 눈을 떼지 못하고 있었다. 미와코 정도의 나이 때의, 아직 이런 자리에 익숙하지 않은 처자였다면 이리

도 남자들의 시선이 직접 쏠렸을 때 틀림없이 주눅이 들어 수줍어
지기 마련이다. 미와코도 조금 심장의 고동소리가 거칠어지긴 했
지만, 그녀는 그런 자기 기분을 재빨리 말로 나타낼 수 있는 개방
적인 성질을 지니고 있었다.

미와코 "아니, 그렇게 보면 부끄럽잖아요."

　미와코는 위스키가 담긴 리큐어 잔을 마에카와 쪽으로 밀어 권
했다. 마에카와는 한 모금 맛보듯 혀 위로 떨어뜨리자, '확' 하고
맛을 알 수 없을 정도로 입 전체가 뜨거워졌다.

마에카와 "탄산수를 갖다 주겠나?"

미와코 "네."

　미와코는 마침 옆으로 다가온 요시코에게 말했다.

미와코 "윌킨슨에 컵 3개, 얼음을 잘게 깨서 넣어서 갖다 줘요!"

　잠시 후 요시코가 가지고 오자 말했다.

미와코 "요시코, 너도 와서 앉아. 나도 날씬하고 너도 몸집이 작으
　　　 니 여기에 둘이 앉을 수 있어."

　미와코가 몸 전체로 마에카와를 쑥 밀었다. 버릇없고 거칠었지
만, 성적 매력이 있고 요염한 몸짓이었다. 마에카와는 위스키와
탄산수를 번갈아 마셨다.

마에카와 "자네 둘 모두 여기 처음인가?

　요시코는 얌전히 아래를 보며 끄덕이고 미와코는 대답했다.

미와코 "그래요. 여기 마담은 처음이에요. 가게도 새로 열었고, 있잖
　　　　아요! 노래에도 있잖아요?"

마에카와 "노래에 있다니 무슨 말인가요?"

　마에카와가 술에 거나하게 취한 기분에 흔들리면서 되물었다.

미와코 "네, 배는 젊은 아내이고, 뱃사람은 젊고, 강은 신카와, 첫 상
　　　　경……."

일　행 "허~, 세련된 노래를 알고 있네요."

　마에카와보다 약간 나이가 젊은 일행, 그때까지 물끄러미 응시
하고 있던 사람이 처음으로 말했다.

미와코 "네, 노래라면 대부분 알고 있어요. 전 음악가예요."

일　행 "노래 좀 불러 주세요."

미와코 "싫어요. 난 아니에요. 아직 술에 취하시지도 않았는데 들려
　　　　줄 수 있나요."

일　행 "그럼 취하면 들려줄 겁니까?"

미와코 "네, 그리고 매일 밤 가게에 와 주신다고 약속해 주신다면요.
　　　　요컨대 부디 단골손님이 되어 달라는 것이에요. 알겠어요?"

　농담인지도 진담인지도 모르게 미와코는 꾸뻑 인사했다.

〈6〉

정말 천진난만한 소녀처럼 보이고 남자 마음을 사로잡는 데에 대단히 능숙하고 분방자재[23]하고 게다가 어딘가 재기가 번뜩이는 것을 나타내는, 이렇게 요염하고 아리따운 처녀를 도대체 어디에서 찾아온 것일까 마에카와는 감탄하면서 마음속까지 즐거워졌다. 두 명의 일행 중의 한 사람이 마에카와를 선생님이라고 부르는 것을 재빨리 듣고는 미와코가 말했다.

미와코 "있잖아요. 선생님 '가위바위보' 하지 않을래요?"

미와코는 귀여운 주먹을 내밀었다. 아이들이 하는 기합게임으로 상대가 바위를 내라고 하면 그것에 넘어가지 않게 가위나 보를 내야 한다. 마에카와 준노스케는 고타로(小太郎)와 사치코(祥子)의 상대를 해야만 했기 때문에

마에카와 "바위, 가위, 보. 좋아, 자네는 간단히 제압할 수 있어."

자신을 가지고 시작했는데 보기 좋게 미와코에게 지고 말았다.

일 행 "그럼 나와 해 볼까?"

일행 중의 한 사람이 대신했지만 이 사람은 마에카와보다 더 쉽게 끝나버렸다.

일 행 "그럼 다음은 삼판승의 '가위바위보'으로 하지요. 세 판을 연

---

23) 奔放自在; 일상적인 규율이나 어떤 틀에 따르지 않고 마음대로 행동하는 것.

속으로 이기면 승리이에요."

다른 '가위바위보' 놀이를 시작했지만, 미와코는 상대의 기운을 쏙 빼내는 기술로 능숙하게 제압했다. 그때 신코는 서비스를 하던 손님이 돌아가서 겨우 마에카와에게 인사를 했다. 다들 미와코와 노는 데 정신이 팔려 있었다. 미와코는 그것을 알아차리고는 마치 연극을 하듯 말했다.

미와코 "마담, 여기에 앉지 않을래요?"

미와코는 자리에서 일어나 웃지도 않고 신코의 소맷자락을 붙잡아 앉히려고 했다.

마에카와 "이 사람, 무척 괜찮은 사람이네."

즐거운 눈으로 마에카와는 신코를 올려다보았다. 신코는 마에카와가 미와코가 자기 여동생인 것을 알면, 어떤 얼굴을 할까 하고 쓴웃음을 지었다. 미와코는 마에카와를 언니에게 맡기고 친구들과 흥청거리며 떠들기 시작했다. 마에카와 일행이 잠시 있다가 계산을 마치고 돌아가려고 하자, 미와코는 뒤쫓아 와서 마에카와의 등 뒤에 매달리면서 어리광을 부렸다.

미와코 "내일도 와 주실래요?"

마에카와 "아, 올게."

미와코 "꼭 오세요. 전 6시까지 와 있을 거에요. 안녕히 가세요."

문밖까지 배웅하고 마에카와의 어깨를 가볍게 두드렸다.

마음을 휘젓는 사람
掻き乱す者

〈1〉

이틀 밤을 새워 계속해서 영업을 한 탓일까 다음날 아침에는 깊은 잠에 빠져 날이 밝은 것도 모르고 자다가 신코는 11시 반경이 되서야 간신히 잠이 깼다. 옆에서 자는 미와코는 예쁜 얼굴로 아직 깊이 잠들어 있었다. 머리맡에 미와코 앞으로 속달이 와 있었다. 겉봉의 주소·성명의 필체가 애써 다르게 한 듯 어딘가 미사와의 그것 같았지만 뒤집어두고 보지 않았다. 신코는 미와코를 깨울까 하다가 그만두었다.

어젯밤 가게에서 마에카와가 화장실에 갔을 때 '내일 2시에 잠깐 오겠습니다.'라고 지나가는 길에 속삭였기에 일찍 가게에 가야 해서 급히 서둘러 화장을 했다. 언니의 행복을 자기도 조금 경험해 봐야만 직성이 풀리는 미와코에 대해 신코는 어떤 성가심을 느끼고 있었다. 미와코가 매일 밤처럼 가게에 나타나면 결국 미와코가 '바·스완'에 군림하는 공주가 되어 버릴 것 같은 생각이 들었다. 그래서 오늘도 미와코가 같이 가겠다는 말을 꺼내기 전에 서

둘러 나가 버리고 싶었다. 어딘가에서 들리는 한낮의 연예방송이 뉴스로 바뀌어도 미와코는 일어나지 않았다.

긴자(銀座)에 온 것은 1시 반이 지나서였다. 가게에는 이미 마에카와가 회사의 시간을 짬을 내서 온 듯 모자도 쓰지 않고 와 있었다.

신　코 "많이 기다리시게 해서 죄송합니다."

마에카와 "아뇨. 저도 지금 막 왔습니다."

마에카와가 오른손에 든 금속제 새장을 어디에 둘까 하며 방을 둘러보고 있었다.

신　코 "카나리아예요? 정말 귀엽네요."

마에카와 "지금 오는 길에 이 부근에서 얼떨결에 사고 말았네요. 수반 위에라도 매달까 하고 생각했습니다만."

신　코 "불쌍하네요. 가게에서는 밤 새워 담배 연기에 숨이 막히고 술 냄새도 맡아야 하고."

마에카와 "그럼 신코 씨 방에 둘까요?"

신　코 "네."

신코가 손을 뻗어서 새장 꼭대기를 잡으려고 했다.

마에카와 "제가 들고 갈게요. 자칫 잘못 들면 물 흘리니까……."

마에카와는 새장을 손에 들고 신코 방으로 올라갔다. 신코도 뒤를 따랐다. 카나리아가 새장 안에서 두려운 듯이 부산스레 울고 있다. 마에카와는 활짝 커튼을 열고 바람벽 밖으로 내민 창 위에 새장을 고정시켜 놓고는 신코를 돌아보고 아무 말 없이 미소 지었다. 신코도 함께 미소를 지으면서 이 세상에 행복을 담을 그릇이 있다고 한다면 자기는 분명 그 안에 있다는, 상쾌하고 화창한 기분이 되었다. 그렇다고 해서 그 그릇 속에 있을 뿐 정말 행복한지 어떤지는 다른 문제였지만……

〈2〉

그러나 그런 행복감은 곧 묘하게 신코를 애달프게 만들었다. 왜냐하면 마에카와는 작은 의자에 앉아 여송연을 피우면서 개점 경기라고는 하더라도 요 이틀간의 매상이 좋았던 것을 이야기했다. 그러나 이것이 당분간 계속된다고 하더라도 머지않아 단골손님만 남게 되고 그 시점에서 비로소 가게 수입이 정해진다는, 그 경우의 신코의 기분과는 전혀 어울리지 않는 이야기를 하기 시작했기 때문이다. 신코는 따분하고 뭔가 부족하다는 생각이 들어 슬펐다.

신 코 "회사에 아직 일이 있는 거 아니세요?"

마에카와 "아니, 별로 없어요. 모자와 스틱을 가지고 오면 회사에 돌아가지 않아도 됩니다. 그런데 오늘은 6시까지 집에 돌아가야 해서요."

신 코 "사치코 양과 고타로 군은 잘 지내지요?"

마에카와 "네, 늘 신코 씨에 관해 이야기하며 만나고 싶어 해요. 게다가 여동생 미치코(路子)도 신코 씨에게 몹시 미안해하고 있어요. 이번에 한번 기회를 만들어 볼테니 아이들을 만나주실래요?"

신   코 "네, 저도 꼭 만나고 싶어요."

이야기를 하고 있어도 신코는 왠지 모르게 불만이었다. 더 다른 이야기를 하고 싶었다. 더 마음에 와닿는 이야기를 하고 싶었다. 이런 이야기로 성이 차지 않는 것은 결국 마에카와를 사랑하고 있기 때문일까 자신의 마음을 들여다보았다. 마에카와도 같은 기분일까? 시시한 이야기를 이러쿵저러쿵하면서도 쉽게 본격적인 이야기를 꺼내지 못하고 있었다. 시간만 안타깝게 지나가고 있었다. 그때 갑자기 깜짝 놀랄 정도로 쾌활한 소리가 나더니 쿵쿵 계단을 올라오는 발소리가 났다.

미와코 "언니, 위에 있어?"

마에카와 "내가 있어도 상관없습니까?"

마에카와의 말이 끝나기도 전에 미와코가 방안으로 뛰어들어왔다.

미와코 "어머! 언니 제대로 소개해 줘요."

마에카와를 보자 그 대담한 미와코도 얼굴을 붉히며 부끄러운 듯 마에카와로부터 얼굴을 돌리고 언니 어깨에 매달리며 어리광을 부렸다. 신코도 그만 우스워져서 웃음이 흘러나왔다.

미와코 "마에카와 씨. 여동생 미와코입니다."

마에카와 "아, 그렇습니까? 어젯밤엔 그렇게 우리를 속이시다니! 정
　　　　말 놀랐는데."

　　마에카와는 깜짝 놀라며 미와코를 새삼스레 쳐다보았다.

미와코 "저는 어떤 분인지도 몰랐는걸요. 언니가 신세 지고 있는 마
　　　　에카와 선생님이라고는 꿈에도 몰랐어요. 정말 죄송합니다."

　　재빨리 다른 거짓말을 하는, 거침없이 자유자재로 행동하는 미
와코에게 신코는 마음속에서 뭔가 방심할 수 없는 불안한 생각이
들었다.

　　〈3〉

　　갑자기 들어온 미와코를 나무라듯 신코가 힐책하였다.

신　코 "너, 이렇게 일찍 뭐 하러 왔어?"

미와코 "커트 머리카락이 길어져서 미용실에 가려고."

　　미와코는 마에카와에게 귀여운 웃는 표정을 짓고는 약간 말을
머뭇거리면서 신코의 귀에 대고 미와코가 말했다.

미와코 "그래서 언니에게 용돈을 받으러 왔어. 용돈이 아니네. 이틀
　　　　치 월급이라고 생각해도 좋아."

미와코가 마에카와에게도 들릴 듯이 속삭였다.

신　코 "이제 그런 말도 안 되는 소리 하지 마."

신코가 쓴웃음을 지으면서 5엔짜리 지폐를 꺼내 주자, 미와코는 주눅도 들지 않고 핸드백을 탁 열어 안에 넣더니 이번에는 마에카와 쪽을 보고 말했다.

미와코 "밤에 또 오실 거죠?"

마에카와 "아뇨, 오늘 밤에는 못 와요."

미와코 "거짓말하시면 안 돼요. 어젯밤 저와 틀림없이 약속을 하셨는데."

미와코가 긴 속눈썹을 깜빡거리면서 힐책했다.

마에카와 "죄송해요. 오늘은 사정이 여의치 않으니 다시 약속을 잡지요. 내일 틀림없이 와서 당신이 서비스하는 모습을 보겠습니다."

마에카와가 상냥하게 말하자 금방 응석을 부리며 물었다.

마에카와 "그럼 이제 가시는 거예요? 네, 저는 지금 모자가 없으니 회사에 모자를 가지러 가야 해요."

미와코 "어머나! 모자 같은 거 없어도 괜찮지 않으세요? 오늘밤 오시지 않는 벌로 지금 긴자에서 맛있는 요리 좀 사 주세요. 전 경황없이 나오는 바람에 집에서 아무것도 안 먹고 왔어요. 배고파 죽겠어요. 언니! 언니도 함께 나가는 갈 거지?"

신 코 "무슨 소리를 하는 거야. 마에카와 씨에게 폐가 되는 말을 하
　　면 못써."

　미와코가 마에카와에 대해 지나치게 말을 해서 신코가 진지한
표정을 하고 나무라자, 미와코는 천연덕스럽게 말한다.

미와코 "언니는 마에카와 씨와 걷는 것이 싫어? 남들한테 무슨 말
　　들을지 몰라 걱정하는 거지? 난 아무렇지도 않아. 나는 마에
　　카와 씨와 같이 걸어도 큰아버지나 아빠로밖에 보이지 않을
　　걸? 그렇지 않아요?"

　신코가 불쾌해져서 말을 잇지 못하자 미와코는 농담조로 항의
하며 신코의 기분은 아랑곳하지 않고 동의를 구하며 말했다.

미와코 "아빠는 너무 심한 것 아닌가요? 제가 기억하는 아빠는 마에
　　카와 씨 정도거든요. 그렇지, 언니?"

〈4〉

　신코는 점점 불쾌해져서 미와코를 내쫓으려고 하는데도 미와코
는 일어나려고도 하지 않았다.

신 코 "그런 민폐가 되는 말은 하지 말고, 빨리 머리나 자르러 가.
　　곰돌이 같은 머리 좀 어떻게 해봐."
미와코 "혼자 뭘 먹는 것처럼 재미없는 일은 없어. 언니 같이 가 줘."

　미와코가 떼를 쓰듯 말하는 것을 마에카와가 중재했다.

마에카와 "그럼 나도 회사에 돌아가는 길이니 어제 서비스해 준 것
　　　　 에 대한 인사로 잠깐 같이 가실까요?"

　　　마에카와가 자리에서 일어났다. 그런 마에카와의 친절한 마음
을 방해할 수도 없어서 신코는 잠자코 있었다.

미와코 "아이고, 신난다, 너무 좋아요."

　　　미와코는 이미 스스럼없이 마에카와 옆으로 다가섰다. 신코는
이상하게 가슴이 두근거리는 것을 느꼈다. 미와코의 마음은 마치
수은과 같다. 미사와의 외모와 예술가인 것에 매료되어 들뜬 기분
으로 연애했던 것처럼 이번에는 주체할 수 없는 재물을 배경으로
한 중년의 신사 모습에 어떻게 영향을 받을지는 보지 않아도 뻔한
일이었다.

신　코 "미와코, 너한테 속달 온 거 아냐? 급한 일 생긴 거 아니냐고."

　　　신코가 미사와와의 일을 상기시키려고 했으나, 미와코는 간단
하게 대답했다.

미와코 "그거 아무 일도 아니야. 그럼 언니는 안 가는 거야? 저, 그럼,
　　　　 나갈까요?"

　　　마에카와를 재촉했다.

마에카와 "그럼 나중에 다시 뵙지요."

　　　인사하고 미와코와 함께 나가려고 하는 마에카와에게 신코는

신 코 "너무 왈가닥인 데다가 제멋대로인 애라 정말 난처해요. 부디
　　　너무 오냐오냐하지는 마세요."
마에카와 "아뇨, 상당히 명랑한 아가씨인데요?"

　　마에카와는 신코의 말을 언니로서 겸손이라 이해한 듯 미소 지
으면서 미와코의 뒤를 따라 내려갔다.

　　마에카와가 설마 아직 젖비린내가 남아 있는 미와코 같은 애를
어떻게 하지는 않겠지 라고 생각하면서도 어린아이인 만큼 어디
로 튈지 모르는 여동생인 것이 신코는 마음에 들지 않았다. 그렇
다고 해서 신코도 함께 따라가는 것도 경망스럽다는 생각이 들어
따라나서지 않았다. 하긴 미사와의 경우에도 자기는 어떤 말도 할
권리가 없으므로, 마에카와 씨에 대해 불만을 가질 수도 없고, 그
렇다고 평정심을 잃어버릴 것도 아니지만 왠지 모르게 처량하고
불안해지는 마음은 어쩔 수가 없었다. 마에카와가 두고 간 카나리
아 새장을 마주하며 멍하니 서 있는 사이에 마음이 왠지 쓸쓸해져
서 신코는 멍하니 눈물을 글썽이고 있었다.

　　〈5〉

　　둘만이 포장된 도로를 걷고 있으니 그 말 많은 미와코도 할 이
야기가 없는 듯 딸각딸각 하이힐 소리를 내며 얌전하게 한 걸음
뒤에서 마에카와를 따라오고 있었다.

　쾌활하고 뭔가에 구애받지 않는 이런 여동생이 신코에게 있다는 것은 여러모로 좋은 기회가 되리라 마에카와는 생각했다. 무엇보다도 이 여동생이 떼쓰는 것을 구실로 매일 '바·스완'에 다니는 것도 이상하지 않을 테고…….

　얼마 전부터 신코가 입는 기모노(着物)에 요즘 유행하는 줄무늬 하카타오비(博多帯)만을 매는 것이 늘 신경이 쓰였다. 잘 어울리고 취향도 나쁘지는 않지만 너무 똑같은 것만 계속 입는 것이 좀 마음에 걸렸다. 그동안 새 기모노를 선물하고 싶다고 생각하면서도 기회가 없었는데, 오늘 여동생과 이렇게 걷고 있으니 딱 좋은 기회. 여동생에게 뭔가 사 주는 것을 계기로 신코에게 새 기모노를 사 주자, 그러면 자연스럽고 좋지 않을까? 매사 깔끔한 것을 좋아하는 마에카와다운 생각이 가슴속에 떠올랐다. 뒤를 돌아 미소 지어 보이면서 마에카와가 묻자 미와코가 대답했다.

마에카와 "배가 많이 고프신가요?"

미와코 "네. 죽을 지경이에요."

마에카와 "백화점 식당 같은 데는 싫어하시나요?"

미와코 "백화점에 볼일이 있으세요?"

마에카와 "마쓰야(松屋)에서 좀 사고 싶은 것이 있는데 당신의 의견도 여쭤보는 것이 좋을 것 같아서 함께 가 주셨으면 해서요."

미와코 "아, 알았어요. 언니한테 뭔가 사 주고 싶으신 거죠? 좋아요.

제가 봐 드릴게요. 그 대신 저한테도 뭐 사 주시는 거죠?"

마에카와 "물론 그렇게 되겠지요."

마에카와도 다소 장난치듯 말했다. 마쓰야(松屋)까지 걷는 것
은 조금 힘들어서 근처 주차장에서 택시[엔타쿠]를 탔다.

마에카와 "쇼핑 먼저 해도 괜찮을까요? 배고파서 쓰러질 정도는 아
니죠?"

미와코 "배가 고픈 것은 잊어버렸어요. 무엇을 사 주실까 기대하고
있거든요. 이제 밥 같은 것은 어떻게 되든 상관없어요. 혼자
서 나중에 먹어도 돼요."

금세 발휘하는 자기중심적인 미와코의 행동에 마에카와는 쓴웃
음을 지었다.

마에카와 "미와코 씨는 어떤 것이 좋아요?"

미와코 "저는 갖고 싶은 게 많아요. 하지만 백화점에는 없을지도 몰
라요. 로열에서 샌들 슈즈를 맞추고 싶고, 화장품 케이스도
갖고 싶어요."

미와코는 남에게 사 달라고 하면서도 자기 취향을 주장하려고
했다.

마에카와 "네, 좋아하는 것을 사드릴게요. 여하튼 마쓰야에서 언니
에게 드릴 것을 정하고 나서 하시지요."

미와코 "아, 좋아. 매우 멋져요. 하지만 언니가 저보다 훨씬 행복해

할 것 같아요."

〈6〉

3층 포목 매장으로 곧바로 가려고 차에서 내리자, 사람들이 붐비는 것을 헤치고 곧장 엘리베이터 쪽으로 걷기 시작하는 마에카와 뒤에서 종종걸음으로 미와코가 뒤따라 왔다. 함께 엘리베이터를 타자, 마에카와가 주저하지 않고 "3층!"이라고 지시했다. 엘리베이터는 혼잡해서 그 뒤에서 미와코가 매미처럼 달라붙은 채로 작게 속삭였다.

미와코 "마에카와 씨, 여자처럼 잘 알고 계시네요."

마에카와는 앞을 향한 채 쓴웃음을 띄우고 있었다. 이미 9월 20일이 지나서 백화점에는 슬슬 가을 신제품이 진열되어 있었다. 홑옷의 좋은 것은 보이지 않을 뿐 아니라 언젠가 아야코(綾子) 부인과 함께 왔을 때 신코를 위해 점찍어 놓았던 '오메시치리멘[24]'의 홑옷 같은 것은 이미 쇼케이스에서 모습을 감추었다. 마에카와는 소복이 쌓여 있는 옷감을 한 필씩 살펴볼 생각은 들지 않았다. 그렇다고 어정버정하다가 얼굴을 알고 있는 지배인 등에게 붙들리는 것도 싫었다. 장내를 한 바퀴 돌고 나서 다시 엘리베이터 앞으로 돌아와서 화려하게 장식되어 있는 띠감이 진열된 것을 바라보

---

24) お召し縮緬 ; 염색한 숙사로 짠 표면이 오글쪼글한 비단.

고 있자 미와코가 말했다.

미와코 "어? 요새 유행하는 띠네? 언니에게는 조금 화려할지도 모르
　　　지만……."

　'에비이로[25]' 수자(繻子)에 화초가 수놓아진 '가타가와오비[26]'
였다. 마에카와는 그 띠 옆에 있는 고풍스러운 '사라사[27]'를 능숙
하게 근대 풍으로 도안한 '후쿠로오비[28]'를 발견하고는 신코와 어
울린다고 생각했다.

마에카와 "그 옆의 것은 어때요?"

미와코 "나쁘지는 않네요. 조금 비싸 보이는데."

　진열된 띠가 발처럼 늘어진 곳에 고개를 처박고 가격을 보고
있었다.

미와코 "77엔이네요. 후쿠로오비(袋帯)치고는 비싸네요."

마에카와 "이게 좋을 것 같네요. 이것으로 합시다."

　마에카와가 여점원을 눈짓으로 부르는 것을 보고는 말했다.

미와코 "어머나, 사시는 거예요? 언니는 정말 좋겠다."

---

25) 海老色 ; 붉은빛을 띤 보라색.

26) 片側帯 ; 겉과 안에 다른 천을 사용해서 만든 여자 띠.

27) 更紗 ; 다섯 가지 색을 이용하여 인물·조수(鳥獸)·화목(花木) 또는 기하학적 무
　　늬를 물들인 피륙.

28) 袋帯 ; 전대 모양으로 속이 비게 짠 띠.

마에카와는 오늘 부인이 '나가우타[29]' 연습에 갔으니 백화점에 올 리는 없겠지만, 만의 하나에 대비하여 서둘러 돈을 지불하고 포장해 주는 것을 기다리기 어렵다는 듯 미와코에게 물었다.

마에카와 "식당은 위로 갈까요? 아래로 갈까요?"

미와코는 왠지 모를 낙담한 얼굴로 점원에게서 포장한 것을 받으며 말했다.

미와코 "아래층이 좋아요. 언니가 부럽네요."

〈7〉

미와코가 언니를 부러워하며 풀이 죽어 있는 것을 위로하기 위해 엘리베이터에서 내리면서 마에카와가 말했다.

마에카와 "미와코 씨 결혼 축하 선물로는 뭔가 멋진 것을 선물해 드릴게요."

미와코 "어머! 언니가 수다쟁이네. 그런 것까지 아세요? 하지만 어떻게 될지 아직 몰라요. 비프스테이크 먹으면서 말씀드릴게요. 전 조금 고민하고 있는 중이에요."

미와코는 남자아이처럼 밝게 말했다. 실은 마에카와 같은 중년 남자로서는 미와코 같은 혼기가 찬 여자가 말하는 것, 행동 하나하

---

29) 長唄; 샤미센(三味線)과 피리를 반주로 하며 길고 우아하여 품위가 있는 에도 (江戶) 시대에 유행한 속요(俗謠).

나가 상식 밖의 일이었다. 거침없이 자신의 결혼에 대해, 그것도 친하지도 않은 어른에게 속엣말을 술술 털어놓더니, 아래층 식당에 가서는 언제 그랬냐는 듯 자기가 먹고 싶은 메뉴를 서슴없이 주문했다. 홍차를 마시고 있는 마에카와는 신경도 쓰지 않은 채 푸딩을 주문하거나 과일을 담아오기도 했다. 몇 개비째인지 모르는 담배에 불을 붙이면서 마에카와는 자신의 느낌을 말했다.

마에카와 "미와코 씨에게는 고민 같은 거 없을 것 같은데……."

그러자 미와코는 어린아이처럼 고개를 가로저으며 말했다.

미와코 "아주 많아요. 바로 그 결혼하려는 사람이 저를 사랑해 주는 단계까지는 아직 안 갔거든요. 저에 대해 그냥 놀이 상대 같은 기분밖에 가지고 있지 않은 것 같아서요. 그것이 정말 울화통이 터져요."

마에카와 "하지만 이미 결혼하기로 정해진 것 아닌가요?"

미와코의 솔직한 고백에 호감이 생겨 다정하게 말했다.

미와코 "그게 너무나도 이상한 점이에요. 그 사람과 너무 많이 놀아서 전 집에 돌아가지 못했어요. 그래서 그 사람 엄마에게 우리 집에 가서 양해를 좀 구해 달라고 부탁했어요. 그랬더니 그 어머님이 머리를 쓰는 바람에, 엄마랑 신코 언니와 혼담 이야기를 시작한 거예요. 어떻게 해야 좋을지 좀 곤란한 상황이에요."

마에카와 "그게 뭐 어떠세요. 너무 많이 놀 정도라면 당신도 그분도
　　　　 서로 좋아하는 거 아닌가요?"

미와코 "전 좋아해요. 하지만 그분은 저를 좋아하는지 어떤지 모르
　　　 겠어요. 그분은 말이지요, 신코 언니를 무척 좋아했어요. 지
　　　 금도 분명히 좋아할 거예요."

　　미와코가 숨기거나 거리끼지 않고 이야기하는 바람에 마에카와
는 엉겁결에 끌어 당겨지기라도 하는 듯이 미와코와 시선을 마주
치고 상대를 응시하며 긴장한 듯 물었다.

마에카와 "그말은, 즉 언니와 애인 관계였던 말인가요?"

〈8〉

　　신코에게 애인이 있었는지 어떤지는 마에카와로서도 꽤 마음에
걸리는 일이었다. 미와코는 순순히 긍정하며 말을 계속했다.

미와코 "네, 그랬어요. 하지만 미사와 씨라는 분, 소심하고 신경질적
　　　 이에요. 언니는 의젓하게 차분한 쪽이잖아요? 그래서 계속
　　　 교제를 하고 있어도 별로 발전하지 않는 거예요. 그런데 이
　　　 번 여름에 언니가 가루이자와로 가버렸잖아요. 언니가 없는
　　　 동안, 외로움을 많이 타는 미사와 씨가 조금 자포자기 식으
　　　 로 나와 놀게 된 거예요. 그런데 요즘 금세 재미없어지고 말
　　　 았어요. 왜냐면 결혼이라는 이야기가 나오면 미사와 씨, 무

척이나 초조하게 굴어요. 함께 있어도 전혀 즐겁지 않아요. 그래서 제가 언니 가게에 매일 도우러 가는 거예요."

마에카와 "하지만 당신은 그 사람을 좋아하는 거 아니에요?"

마에카와는 신코하고도 관계가 있는 일이라 다시 한번 정색을 하고 물었다.

미와코 "네, 그건 맞아요. 하지만 제 마음이 흔들려서 제 자신도 무척 힘들어요. 언니 가게에 가 있으면 왠지 그런 일이 정말 내 성격과 맞는 것 같아서요, 요즘엔 결혼 같은 건 어떻게 되든 상관없다는 생각이 들기 시작했어요."

말투가 너무 솔직해서 오히려 거짓인지 진짜인지 구별이 안 되는 미와코에게 마에카와는 자기도 모르게 쓴웃음을 지으면서도 가슴속은 앞에 있는 미와코의 일보다 신코 일로 가득 찼다. 신코에게 바로 최근까지 애인이 있다고 치고, 그 사람이 지금 미와코와 결혼하려 하고 있다면 마에카와는 내심 그 결혼이 빨리 정리되기를 바랐다. 신코 주위에는 애인 같은 사람의 그림자조차 드리워지지 않는 편이 바람직하다고 생각했다. 이렇게 신코를 돌보고 있지만 언젠가 어떻게 하겠다는 야심은 맹세코 없다고 마에카와 자신은 생각하고 있었다. 다시 가루이자와에서 자연의 힘과 처지의 우연성에 사로잡혀 살짝 입술을 닿았을 뿐인데도 그 무서운 응보가 잇따르고 있었다. 그래서 진절머리가 났다. 깨끗하고 깔끔하게 생각에서도 그 야심의 싹을 없애고 있기는 하지만, 자신이 단념하고 있는 것뿐이니 신코 주위도 정리되어 깨끗해지기를 바랐다. 자신이 발을 들여놓지 않은 성역에는 다른 사람도 발을 들여놓지 않기를 원했다. 그래서 그 미사와라는 남자가 하루빨리 미와코와 결혼했으면 하는 생각이었다.

마에카와 "하지만 그 미사와라는 분, 좋은 분이잖아요."

　　마에카와가 부추기듯 말했다.

미와코 "그야 너무 좋은 사람이지요. 신코 언니도 무척 좋아했으니까요."

　　장난꾸러기 미와코가 알고 하는 것인지 모르고 하는 것인지 마에카와를 더욱 걱정하게 만드는 대답만 골라서 했다.

　　　　〈9〉

　　신코가 미사와라는 남자를 좋아했다는 말을 듣고 마에카와에게는 갑자기 자책하는 기분이 생겼다. 두 사람의 서로 좋아하는 관계가 깨지고 미사와가 미와코 쪽으로 기운 원인이 자기 때문이 아닐까라고 생각했기 때문이다. 자신이 신코에게 필요 이상으로 친절하게 했을 뿐만 아니라 그 예기치 않은 뇌우(雷雨) 속에서 생긴 일 때문에 두 사람의 관계가 붕괴된 것은 아닐까? 자신은 신코의 남편도 애인도 될 수 없으면서 공연히 신코의 운명을 틀어지게 만들고 있는 것은 아닐까? 그런 것을 생각하니 자신에게는 한층 더 신코를 위로하고 아낄 책임이 있다는 생각이 들었다. '그 연극 광인 게이코 씨와 이 가공할 여동생이 있으니 신코도 참 힘들겠군.' 하고 마에카와는 생각하면서 천진난만하게 바나나를 먹고 있는 미와코를 바라다보고 있었다.

미와코 "저기요. '사에구사'에 함께 가 주실래요?"

　　마에카와는 손목시계를 보면서 말한다.

마아카와 "벌써 5시이네요. 어떠세요? 미와코 양 혼자서 천천히 쇼핑하시는 게 훨씬 즐겁지 않겠습니까? 제가 비용만은 드릴 테니까요."

미와코 "네, 그것도 그렇지만, 그럼 이렇게 해 주시겠어요? '사에구사'만 같이 가 주세요. '사에구사'에서 저를 '로열'까지 택시로 배웅해 주신 다음 회사에 가셔도 되시나요?"

마에카와 "사에구사는 바로 앞이잖아요?"

미와코 "네, 그래도 싫어요. 저, 언니를 위해 여기에 와서 이제 머리를 자를 시간이 없어진걸요. 그런데 정작 제가 쇼핑할 때가 되니까 내동댕이치시는 거예요? 전, 싫어요. 게다가 긴자(銀座) 같은 데를 잠시 동안이라도 혼자서 걷는다는 것은 정신 나간 사람 같잖아요."

　　마에카와는 어쩔 수 없다는 듯이 끄덕이며 일어났다. 마쓰야(松屋)를 나와서 전차 거리를 가로질러 그 부근 양품점 앞에서 마에카와는 쇼윈도를 바라보며 기다리고 있었다. 미와코는 10분도 안 걸려서 자기가 마음에 드는 핸드백을 골라서는 밖에서 기다리고 있는 마에카와에게 왔다.

미와코 "있잖아요, 핸드백과 구두까지 해서 언니와 같이 70엔 정도까지는 괜찮죠?"

마에카와 "그렇게 하세요."

마에카와는 미와코다운 자기 위주의 금액에 가벼운 쓴웃음을 지으며 말했다.

애정과 질투
愛情と嫉妬

〈1〉

그날 밤은 특별히 기분이 좋은 미와코가 젊은 회사원으로 보이는 5명 일행 자리에 자정 무렵까지 노래를 부르거나 좁은 테이블 공간에서 춤을 추며, 하이볼을 주거니 받거니 했다. 남자들은 재밌어 하며 미와코에게만 술을 마시게 한 듯 미와코는 완전히 취해 버렸다. 앞 머리카락을 잘라 늘어뜨린 동그란 얼굴이 마치 발그스레 하여 귀여운 긴타로(金太郎) 인형을 연상케 했다. 누구나 할 것 없이 아무에게나 시비를 거는 추태에 신코는 미와코를 질질 끌 듯 2층으로 데리고 올라가긴 했지만, 정말 이래서는 안되겠다는 생각이 들었다.

1시에 가게를 정리하고 미와코를 부축하며 차를 탔고 미와코는 차가 움직이기 시작하자 속이 안 좋아졌는지 물 같은 것을 우웨웩 우웨웩하며 게워내기 시작했다.

운전수 "이거 좀 곤란한데요. 뭔가 좀 깔아 주시겠습니까?"

운전수는 투덜투덜하면서 차를 세웠다. 신코는 여동생의 한심스러운 모습에 울고 싶은 기분이 들어, 등을 쓰다듬어 주자, 미와코는 뜻밖에 운전수를 마구 몰아세우기 시작했다.

미와코 "당신 차 같은 거 더럽힐 생각은 없어. 취객을 태웠으니까 좀 천천히 가라고요. 돈이라면 얼마든지 올려 줄 테니까."

　운전수는 쓴웃음을 지으면서도 말한 대로 천천히 달리기 시작했다. 미와코는 언니 어깨에 몸을 비벼 대며 술 냄새를 풍기며 한숨을 쉬었다.

미와코 "아, 즐겁다, 즐거워."

신　코 "전혀 즐겁지 않아. 어떻게 그렇게까지 술에 취해 추태를 부리니? 내일부터 가게에 오는 것은 사절이야."

미와코 "언니는 심술쟁이야."

　더욱 신코의 가슴에 얼굴을 파묻고 아기자기한 넋두리를 늘어놓기 시작했다.

미와코 "미사와 씨는 전혀 쓸모없는 사람이야. 나 술 취했으니까 사실대로 말해 버릴 거야. 미사와 씨는 말이야, 본의 아니게 나와 사이가 좋아진 거니까, 지금 와서 치사하게 나한테만 책임을 덮어씌우고 싶어 하는 거야. 남자인 주제에 말이야."

　미와코가 갑자기 콧물을 훌쩍거리기 시작했다. 그러다가는 싱글벙글 아이처럼 웃음을 터뜨렸다.

미와코 "언니가 마에카와 씨를 좋아한 이유를 오늘에야 깨달았어.

그렇게 좋은 분은 없어. 역시 남자는 40세가량의 사람이 좋아. 내 쪽에서 어떤 버릇없는 말을 해도 가볍고 부드럽게 받아주잖아? 좋겠다. 나, 언니가 정말 부러워."

신코는 마치 궤도가 없는 별처럼 어느 곳에서라도 침입해오는 여동생이 정말 두렵게 느껴졌다.

〈2〉

신코는 아무리 육친인 여동생이라고 해도 용서할 수 없다는 생각이 들어 자기 가슴에 파고들 듯이 다가오는 미와코의 몸을 힘껏 밀어젖히면서 말했다.

신 코 "무슨 소리를 하는 거야? 내가 마에카와 씨를 좋아한다든가 하는 그런 비루한 상상은 그만둬. 나는 마에카와 씨와 예를 갖추고 교제하고 있는 거야. 그런 쓸데없는 말을 할 거라면 이제 절대로 네가 가게에 오는 것을 그냥 놔둘 수 없어."

신코는 화가 나서 눈빛이 변할 만큼 거세게 말했다. 그러자 뻔뻔하기 그지없는 미와코도 조금 풀이 죽은 듯 차가 다메이케(溜池)에서 요쓰야미쓰케(四谷見附)로 접어들 동안 말없이 잠자코 있었다. 그러다가 다시 천연덕스럽게 말한다.

미와코 "난 이제 미사와 씨 같은 사람과 결혼할 생각 전혀 없어. 난 과감하게 '스완'의 웨이트리스가 되어 마에카와 씨로부터 다

달이 용돈을 받아 놀고먹는 편이 훨씬 즐거울 것 같아."

신　코 "미와코! 너무 함부로 행동하는 것은 그만둬. 난 네가 미사와 씨와 어떻게 되고 있는지 모르지만, 미사와 씨 어머니가 그런 이야기를 꺼내 온 이상, 그렇게 간단히 중지할 수는 없는 거야. 여자는 그렇게 경망스럽게 구는 게 아니야. 그런 짓을 하면 점점 자기 가치가 떨어지게 된다고."

　　운전수에게는 들리지 않을 정도 작은 소리였지만 상당히 단호하게 나무랐다.

미와코 "하지만……."

신　코 "'하지만'이 아니야. 나도 마에카와 씨에게 신세 질 이유도 없는데 눈을 딱 감고 그러고 있는데, 너까지 폐를 끼치는 것은 말도 안 되잖아? 네가 계속 그분을 너무 귀찮게 할 생각이라면 나는 그 가게를 포기할 수밖에 없어.

미와코 "하지만 그건 언니의 쓸데없는 걱정이야. 마에카와 씨라는 분, 돈이 억수로 많이 있는걸? 그쪽에서 해 주시는 것을 이쪽에서 걱정할 필요가 있나? 오늘도 이 핸드백 외에 구두를 살 돈까지 받았어."

　　저녁에 마에카와 씨와 헤어지고 가게에 돌아왔을 때부터 알아차렸어야 했다. 너무 거드름을 피우며, 미와코에게는 좀 수수하지 않을까 생각되는 무두질한 가죽으로 만든 화장품 케이스를 집어 들고 언니에게 보이며 말했다.

신　코 "돈으로 받다니, 구질구질하기 짝이 없군."

미와코 "상관없잖아? 나는 나대로 생각이 있으니까, 그냥 내버려둬. 언니는 언니라고 해서 내가 하는 일에 책임을 질 필요는 없잖아? 난 처음 그분과 가게에서 알게 된 거야. 손님과 웨이트리스로서 말이야. 그분도 내게 개인적으로 흥미를 가지고 친절하게 대해 주시는 건지도 모르잖아."

　　술에 취한 탓도 있겠지만, 언니 취급을 않는 불경스러운 여동생에게 신코는 암담해져서 더 이상 말을 잇지 못했다.

미와코 "언니. 왜 아무 말도 안 하는 거야. 마에카와 씨, 이제부터 매일 오신다고 했어. 난 앞으로도 계속 어리광부릴 거야. 무척 좋은 사람인걸?"

〈3〉

　　아침 바람에 벌써 가을의 상쾌한 냉기가 느껴졌다. 스도[30] 저편에 매우 맑은 파란 하늘이 펼쳐져 있다. 새 생활의 처음으로 익숙지 않은 피로가 욱신욱신 등과 후두부를 쑤시고 있었다. 게다가 신코는 미와코의 한심스러운 추태를 보고, 또 마에카와에 대한 생각을 듣고 몹시 우울해져서 잠자리에 들고서도 쉽게 잠을 이룰 수 없었다.

---

30) 簀戸 ; 발을 끼운 장지문.

여동생과 한 남자를 사이에 두고 볼썽사나운 싸움을 하는 것이 싫어서 자기 딴에는 미사와를 과감히 여동생에게 양보했다고 생각했었다. 하지만 어린이가 장난감에 싫증이 난 것처럼 금세 미사와를 내팽개치고 신코 생활에 침입해 와서 이번에는 신코를 적으로 삼아 마에카와의 총애를 두고 다툴 심산인 게 분명하다. 이번에는 몸을 피하려고 해도 피할 수가 없었다. 아직 어린아이이니 하는 대로 맡겨두고 보고 있기만 하면 되지만, 어린아이라고 하나 어딘가 왕성한 기지가 번뜩이고 게다가 타고난 베이비에로[소녀의 요염함를 갖추고 있어 무슨 짓을 할지 알 수 없는 황당함이…….

미사와와의 관계가 어설프게 순결했던 탓에 맹세하는 말도 주고받지 않았고, 입술조차 접한 적이 없었기에 금세 여동생에게 빼앗기고도 아무 말을 할 수가 없었다. 마에카와와도 그냥 정신적인 연결뿐으로 한 번의 돌발적인 입맞춤 이외에는 무언가를 명확히 한 사이도 아니었기에, 신코는 여동생이 마에카와의 신변에 성가시게 매달리는 것이 불쾌했다.

어제도 마에카와와 미와코가 함께 가게를 나가고 나서는 일도 손에 잡히지 않을 정도로 평정심을 잃은 자신을 본인 스스로도 알고 있었고……. 앞으로도 자신은 마에카와에게는 거리낌이 있어 생각하는 것의 3분의 1도 말하지 못할 텐데, 여동생이 그런 식으로 혼신의 힘을 다해 응석을 부리기 시작하면 어떻게 될까? 게다가 그런 자유분방한 교태로 덤비면……. 등등을 생각하기 시작하니 신코는 조바심이 나서 갈증이 생기는 자기 마음을 완전히 억제할 수가 없었다.

이것은 분명 질투이다. 게다가 상당히 격렬한 질투라는 생각이 들자, 그 질투의 근저에 있는 마에카와에 대한 애정을 비로소 의식한 듯이 신코는 자기 스스로도 당황함을 느꼈다. 이것은 지금 선후책을 강구해 놓지 않으면 엄청나게 슬픈 일이 생기게 될지도 모른다고 생각하기 시작했다. 자신이 아무리 꾸짖고 말린다고 한들 어떻게 될 여동생도 아니고, 엄마도 물론 감당하기 어려울 것이 분명하다. 신코는 생각 끝에 차라리 미사와에게 부탁해서 미와코를 꽉 붙잡아 달라고 하는 것이 가장 좋은 방법이지 않을까 생각했다. 미사와도 자기 엄마를 보낼 정도이고 결혼해 줄 생각은 있을 것이니, 한번 미사와를 만나서 미와코에 대해 어떤 생각을 가지고 있는지를 잘 파악한 후에 미와코가 방황하지 않도록 잘 추슬러 달라고 부탁할 생각이었다. 그것이 어젯밤 정리된 신코의 생각이었다.

〈4〉

신코는 대략 2달 만에 미사와에게 편지를 쓰려고 하니 억지로 밀어 넣거나 내쫓았던 감정이 하나하나 새로운 생명을 불어넣은 것처럼 마음 구석구석에 되살아났다. 그래서 정작 침착하고 온화한 기분으로 미와코에 관해 써 내려가는 것은 생각보다 쉽지 않았다. 무의미한 고우타[31]의 소곡(小曲; 소품곡)을 몇 번이나 되풀이하며 흥얼거리면서 자신의 감정을 달래고 나서야 간신히 편지를 쓰기 시작할 수 있었다.

오랫동안 소식을 드리지 못했네요. 용서해 주시기 바랍니다. 이미 알고 계시겠지만, 전 완전히 달라졌어요. 지금은 긴자(銀座)의 '바·스완'이라는 주점에서 고용된 마담 일을 하고 있습니다.

갑작스런 편지로 죄송합니다만, 여동생 일로 미사와 씨와 한 번 이야기를 나누고 부탁드리고 싶은 일이 있어서요. 가까운 시일 내에 만나 뵙고 싶은데 언제가 괜찮으신지를 알려주시면 좋겠습니다. 가게는 4시부터 시작이니 그때까지는 괜찮습니다. 시간과 장소는 그쪽에서 정해 주시기를 부탁드립니다.

다 쓰고 나서 마음이 바뀌기 전에 봉을 하고 핸드백 안에 넣었다. 신코 입장에서는 미사와를 밉다고 생각한 적도 원망하는 마음도 없었다. 다시 만나서 되돌아가고 싶은 미련도 없거니와 심적으로 배반했다거나 배반당했다는 확실한 감정도 없었다. 이런 결과가 된 것은 진심을 다하지 못한 자기 마음에도 책임이 있었다. 미사와에게도 다소의 책임은 있겠지만 절반 정도는 여동생이 나쁘다고 생각했다. 지금은 미사와가 여동생의 좋은 남편이 되어 주면 좋겠다고, 그리고 당분간은 어느 정도 여동생의 행실을 고쳐주면

---

31) 小唄 ; 에도(江戶) 시대 말기에 유행한 속곡(俗曲).

하고 바라고 있다. 하지만 파란 하늘에 지그시 떠오르는 미사와의 모습에는 다시는 손에 닿을 수 없는 소중한 첫사랑의 정취가 녹아 있었다.

오후에 집을 나와서 우체통이 있는 곳에 올 때까지 '정말 싫다. 그냥 미와코의 일 따위 어떻게 되든 내버려두고 미사와 씨 만나는 것을 그만둘까?'라고 신코는 핸드백의 단추를 열고 편지를 찢어 버릴까도 생각했지만…… 그러나 지금은 마에카와의 애정을 속 깊이 간직한 비호(庇護) 속에 간신히 숨을 쉬고 있는 자신의 생활을 더 이상 미와코가 혼란스럽게 만드는 것을 용인하고 싶지 않았다. 마에카와 씨가 미와코 같은 아이 때문에 어떻게 될 것이라고는 생각하지 않는다. 하지만 자기 자신이 미와코에게 자극을 받아 마에카와 씨에게 지금보다 더 깊은 감정을 갖게 될지도 모른다는 것이 더더욱 두려웠다.

〈5〉

미사와에게 편지를 부치고 나자 신코는 미사와와의 거북한 만남을 빨리 마무리하고 싶다는 마음에 빨리 답장이 오기만을 기다리고 있었다. 그러나 답장은 그 이튿날도 그 다음다음 날도 오지 않았다. 3일째 되는 날, 신코는 3시쯤 가게에 가서 청소를 하고 개점 준비를 하고 있었다. 시계가 막 4시를 알렸을 때, 불쑥 들어온 손님이 있었다. 역광선 때문에 처음에는 뜨내기손님이려니 생각했는데 그 사람은 뜻밖에도 미사와였다. 신코는 순간 당황했지만 금방 의미 없는 미소를 그의 눈을 향해 보냈다. 그러나 미사와는 눈살을 찌푸리며 전혀 웃지 않았다. 소파와 의자에 밤색 테이블을 사이에 두고 앉은 두 사람 사이에 잠시 동안 침묵의 시간이 흘렀다. 참다못해 신코는 말했지만, 미사와는 고개를 저을 뿐 말을 못했다.

신　코 "어디 밖으로 나갈까요? 미와코에 관한 일인데요……."

신코는 울적한 생각이 들면서도 이야기를 꺼냈다. 미사와는 따분하게 보이는 눈으로 멍하니 신코를 바라다보았다. 신코는 그 눈을 되도록 의식하지 않으려 했다.

신　코 "당신 어머님으로부터도 말씀이 있었고, 미와코도 당신과 결혼하고 싶다고 말했잖아요. 그런데 최근의 미와코는 마치 당신과 전혀 만나지 않고 있다는 듯 이야기하는 것 같아서요. 도대체 무슨 있었나 싶어서요"

미사와는 말을 하지 않았다. 평소에도 별로 말을 안 하는 사람의 뭔가 잔뜩 항의를 담은 듯한 침묵과 마주하게 되니, 신코는 자연히 자기 혼자서 계속 말할 수밖에 없었다.

신　코 "게다가 요즘 미와코는 마치 결혼을 앞둔 처자라고는 생각지도 못할 일만 계속하고 있어요. 부탁도 하지 않았는데 이 가게에 도우러 오질 않나, 매일 밤늦게까지 손님 상대를 하며 술에 취해 있지를 않나……. 당신과의 결혼 이야기가 있는 마당에 어떻게 된 걸까요? 하는 일 모두가 저에게는 납득이 되지 않는 일뿐이에요. 그래서 당신을 한번 만나 뵙고 당신 자신의 미와코에 대한 진정한 마음을 여쭤보고 싶었던 거예요."

그러나 미사와는 여전히 말을 하지 않았다.

신 코 "저도 여러모로 말씀 좀 드리려고요. 당신의 생각도 듣고 싶고요. 여하튼 다시금 미와코의 언니로서 당신에게 부탁하고 싶어요."

미사와는 간신히 쓴웃음을 지으며 말했다. 신코도 함께 살짝 미소를 지었다.

미사와 "서로 한심스러운 이야기를 하게 되었군요."
신 코 "하지만 달리 방법이 없잖아요."

신코는 마음속으로 '당신이나 저나 실수를 저지른 건 마찬가지잖아요.'라고 말하고 싶었다.

〈6〉

두 사람 모두 다소 핵심을 언급하는 내용의 대화를 나누게 되니 뜻하지 않게 마음의 뿔이 제거되어 신코는 갑자기 이야기하기가 편해졌다.

신　코 "미와코는 말이에요. 전혀 걷잡을 수가 없어 어떻게 해야 할지를 모르겠어요. 당신이 결혼해 주실 생각이시면 당신에게 감시를 좀 부탁드릴까 하는데요. 내가 하는 말은 전혀 듣지 않거든요."

　　신코는 어느 정도 이전의 친밀감이 절반 이상 되살아난 말투로 말했다.

미사와 "이야~, 미와코 씨를 누가 감당해 낼 수 있겠습니까? 그 사람이 뭘 생각하는지 저는 전혀 알 수 없어요. 천변만화(千變万化)32) 하다고나 할까요? 내가 어지간히 끌려다녔던 것 같아요."

　　그렇게 말하고 미사와는 다시 눈살을 찌푸렸다. 그런 말을 듣고 보니 온화하고 순진한 미사와에게 미와코를 다루는 힘 같은 것은 처음부터 없었다는 것을 새삼스럽게 알게 되었다. 신코는 더욱 따분하고 시시하다는 생각이 들었다.

미사와 "그것보다도……."

　　미사와는 물끄러미 신코의 눈을 응시하면서, "나는 당신의 생각을 듣고 싶어요. 당신은 어째서 가루이자와에서 돌아오고 나서 곧바로 내게 편지나 모습을 보여주지 않은 건가요?"라고 힐문하기 시작했다.

───────────────

32) 변화무쌍.

미사와 "그때 금방이라도 당신을 만났다면 이런 기묘한 삼각관계 같은 건 생기지 않았을 것입니다. 나도 잘못했지만, 신코 씨, 나는 당신에게 모든 것을 털어놓고 미와코 씨와의 이야기는 중단하고 싶다는 생각에 이렇게 찾아온 것입니다."

신코가 뭔가 말할 틈도 없이 미사와는 계속했다.

미사와 "미와코 씨는 당신과는 전혀 달라요. 밝고 대범하고 초인적인 매력을 지니고 있어요. 그런 까닭에 유혹당하거나 정복욕을 불러일으키기도 하지만 마음속으로부터의 애정의 움직임 같은 건 전혀 느끼지 못해요. 그 아이는 마음이 없는 여자예요. 결혼하기 위해서는 감각적인 자극이나 성적 매력의 유무 같은 것보다도 마음의 애정이 가장 중요하지 않습니까? 그 사람은 그냥 놀이 친구예요. 진정으로 마음을 맡겨놓을 수 있는 그런 사람이 아니에요."

신 코 "하지만, 당신 어머니 말씀으로는 그렇지 않은 것 같던데요."

미사와 "어머니 이야기 같은 건 하지 마세요. 미와코 양은 그렇게 노인을 살살 구슬려서 제멋대로 다루는 것이 특기 아닌가요? 그것도 나를 진정으로 사랑해서가 아니라 단지 흥미 본위의 한때의 꼼수로 말이에요. 그래서 이제 질려서 나한테는 접근하지도 않는 거 아닌가요?"

이런, 긁어 부스럼을 만들다니! 미와코의 성가심을 들추어내려다가 뜻하지 않게 미사와와의 트러블을 끄집어낸 꼴이다.

〈7〉

　미사와도 말을 이었다. 평소 말수가 적었던 만큼 이런 상황이
되자 그 여절한 술회[33]에 한층 힘이 담기는 모양이다.

미사와　"당신이 가루이자와 가신 후, 갑자기 미와코 양이 찾아오는
　　　바람에 그 밤인가 다음날 밤인가에 입맞춤을 하고 말았어요.
　　　실수했다고 생각했어요. 후회했고요. 무슨 깊은 생각도 없
　　　이 정말 돌발적인 사건이었습니다. 당신에게는 정말 미안하
　　　다고 생각하고 있습니다."

　그런 말을 들으니 신코는 상대에게 빈정거림을 당하는 것 같아
서 몸이 움츠러드는 생각이 들었다. 그러나 '나도 똑같은 일이 있
었어요. 정말 갑작스럽고 깊은 생각도 없이 입맞춤을 하고 말았어
요.'라고는 고백할 수 없었다. 미사와는 신코의 표정이 바뀐 것이
자기에 대한 비난이라고 생각한 듯했다.

미사와　"그래서 나는 당신이 돌아오시기를 기다렸다가 사과를 드리
　　　자, 그리고 깨끗하게 당신의 제재를 받아들이자, 라고 생각
　　　했습니다. 하지만 당신이 미와코 양에게 무슨 말을 들었는
　　　지는 모르지만, 지금까지 일체, 전혀 말해 주지 않고 계시잖
　　　아요. 나만의 자만심일지도 모르겠지만 입 밖으로 내서 말
　　　하지 않아도 서로 애인이라고 생각하고 있었던 만큼 당신의

---

33) 述懷 ; 마음속에 품고 있는 여러 가지 생각을 말하는 것.

무언은 당신의 마음을 빼앗겨버렸다는 생각에 어안이벙벙한 기분이었어요. 게다가 나는 스스로 범한 죄가 있었기 때문에 내 쪽에서는 뻔뻔스럽게 당신에게 적극적으로 먼저 손을 쓰기도 어려웠어요. 그러는 사이에 당신과 마에카와 씨가…… 그 분, 마에카와 씨 맞죠? 데이게키(帝劇; 제국극장)에서 나오는 것을 보고 말았어요. 실연이라는 것은 이런 것일까 생각할 정도로 비참한 생각이 들었어요. 미와코 양과의 일도 그 사람에게 전달받을 역할 같은 입장을 조마조마해 하면서 수행했을 뿐이에요."

말씨는 격식을 차리고 있었지만 마음에 있는 것을 그대로 솔직하게 고백하는 바람에 신코는 슬펐다. 가루이자와에서 돌아와서 곧바로 미사와한테 갈 수 없었던 것은 자기한테도 미사와와 똑같은 잘못이 있었기 때문이다. 미사와가 괴로워하고 있었던 것만큼 자신도 괴로웠던 것이다. 신코는 갑자기 자꾸 울음이 나올 정도로 슬퍼지는 것을 간신히 참았다.

신　코 "죄송합니다."

미사와 "당신은 무엇을 사과하는 겁니까?"

미사와는 놀란 것 같았다. 미사와는 사과받고 싶지 않았던 것이다. 사과 대신 신코의 용서를 바랐던 것이다. '맞아요. 미와코와의 일 같은 건, 어차피 그런 장난꾸러기를 상대로 한 일이니 대수롭지 않게 생각하고 있어요.'라고 말해 주기를 원했다.

그러나 신코 마음에 드리워진 마에카와의 그림자는 생각보다 상당히 컸다. 신코는 자기 심정도 털어놓고 서로 용서하여 세 달 전의 두 사람으로 돌아가기에는 너무 복잡한 기분에 놓여 있었다.

〈8〉

미사와 "당신이 사과할 필요는 없어. 나는 결코 당신에게 사과받으려고 온 것이 아니야. 잘못한 것은 나야. 실수를 범한 나로서는 말도 안 되는 소리이지만, 내게 잘못이 있어도 당신은 한 번도 나를 힐책하지 않고 냉정함을 잃지 않았어. 그렇기 때문에 나는 왠지 모르게 당신이 원망스러운 거야. 당신하고는 서로 무척 좋아한다고 생각했던 것이 정말 나 혼자만의 속단이었다고 생각했어. 그러자 모든 것이 다 싫어져서……."

그렇게 말하면서도 미사와는 자기가 말하고 싶은 생각을 확실히 파악하지 못한 것처럼, 자신에 대해서도 또 신코에 대해서도 뭔가 부족한 듯한 초초한 듯한 기색이 들끓어 오르는 것처럼 아름다운 눈썹과 눈동자를 오뚝한 코 위로 바싹 모았다. 그러나 미사와가 무엇을 원하고 있는지 무엇 때문에 초조해지고 있는지, 신코는 잘 알고 있었다. 즉 나의 사랑이다. 어떤 형식이든 상관없으니 변치 않는 사랑을 나타내는 하나의 말이다. 그것을 알고 있으면서도 신코는 솔직히 그것을 건넬 수는 없었다. 미와코를 위해 신코는 미사와를 단념해 버린 것이었다. 미와코와 꼴사나운 싸움을 하는 것이 싫어서 자기 딴에는 미와사를 미와코에게 줘 버릴 심산이었다. 그러나 만일 그렇게 되면 미사와가 미와코와의 관계를 고백하고 그것이 순간의 감각적인 과오였다고 사과하고 있는 이상……, 다시 미와코가 미사와에 대해 전혀 관심이 없다는 태도를 취하고 있는 이상, 미사와를 용서하고 이전과 같은 애인 관계로……, 아니 '비 온 뒤에 땅이 굳는다.'라는 말이 있듯이 전보다도 더욱 구체적인 사랑의 맹세를 나누어도 상관없지 않을까? 신코 자신도 그것이 마땅히 그렇게 되어야 할 일이라고 생각하면서도 기분은 그쪽으로 전혀 움직이지 않았다.

신　코 "당신의 기분은 잘 알고 있어요. 하지만 내가 가루이자와에서 돌아오자마자 갑자기 미와코한테서 원치 않게 이야기를 듣고 말았어요. 게다가 어머니도 오셨잖아요? 그래서 모두 잊어버렸고 이미 결심했어요. 게다가 나도 어머니를 책임지고 있고, 그런 엉망진창인 여동생도 있고, 언니는 집에 관해서는 전혀 신경을 안 쓰고……, 결국 독립해서 뭔가 장사를 하고 싶어졌고, 해야만 하는 일이라서 말이지요."

미사와 "그럼 즉 마에카와 씨가 당신한테 이 가게를 내어 준 건가요?"

태형(笞刑)을 받고 있는 죄수 같은 목소리로 숨이 끊어질 듯이 말하는 미사와의 말에는 다른 의미도 포함되어 있었다. 신코는 가슴이 철렁했다.

〈9〉

마에카와가 신코에게 가게를 내주었냐는 노골적인 질문은, 그
것까지는 언급 받고 싶지 않았던 신코의 마음의 한편을 건드리고
말았다. 그녀는 순간적으로 대답하지 못하고 말없이 테이블 위로
시선을 떨어뜨렸다. 그런 태도는, 즉 그 질문에 수긍한다는 의미
였기에 미사와는 완전히 절망적인 기분이었다.

미사와 "당신 편지에 있는 변했다는 것은 무슨 의미입니까?"

금세 빈정거리는 투의 원망하는 말을 내뱉는다.

신 코 "그건……."

뭔가 적당한 변명을 생각해내려 했지만, 마에카와와의 미묘한
관계는 도저히 미사와가 이해해 줄 것 같지 않았다.

신 코 "결국은 바 같은 데 나가게 된 것을 말한 것이지만, 난 특별
히 마에카와 씨에게 이상한 의미로 신세를 지고 있지는 않
아요."

대답하는 신코의 목소리가 조금 떨리고 있었다. 미사와는 완전
히 풀이 죽은 모습이었다.

미사와 "아니, 이런 질문은 저로서는 부질없는 것이었네요. 대단히

실례가 많았습니다. 다만 당신이 이미 이전의 마음으로 돌아와 주실 수 없다는 것만은 잘 알았다는 생각이 듭니다. 이런 식으로 생각해도 되겠지요?"

이것은 미사와로서는 마지막 질문이었다. 그러나 신코의 입술이 희미하게 움직였을 뿐 말은 나오지 않았다. 미사와는 신코 마음속을 들여다본 듯한 생각이 들어 외롭고 쓸쓸했다.

미와코 "어마나, 칠흑 같네!"

이렇게 긴장한 분위기 속으로 언제 들어왔는지 미와코가 문 입구에서 전등 스위치를 누르려고 하는 소리가 났다. 신코는 가슴이 뜨끔해서 배어 나온 눈물을 감추었다. 어느새 땅거미가 드리워져 방안은 사물의 형체를 알 수 없을 정도로 어두워졌다는 것을 두 사람 모두 알아차리지 못했다. 전등 빛은 소파에 마주 보고 앉아 있는 두 사람의 모습을 미와코 앞에 생생하게 비치기 시작했다.

미와코 "어머! 깜짝이야. 미사와 씨랑 언니야? 아직 손님은 아무도 안 왔어?"

신　코 "………."

신코는 여동생의 말 따위는 전혀 귀에 들어오지 않았다. 뻔뻔하기 그지없는 미와코라고 해도 그 자리의 분위기에 융합하기는 어렵다는 것을 느끼고는 다소 머쓱해진 표정이었다. 하지만 곧 미사와 옆에 앉아 눈물 자국이 역력히 보이는 언니 얼굴을 보면서 말했다.

미와코 "둘이서 내 욕을 하고 있었죠?"

미와코는 아무렇지도 않은 듯 말했다. 이것은 두 사람의 기분을 살리고 동시에 갑자기 뛰어 들어온 자신의 기분도 살려보고자 생각 끝에 내뱉은 한 마디였다.

서로 다가서는 마음
歩み寄る心

〈1〉

신코와 미사와는 그런 것과는 인연이 없다는 듯 웃지도 않았고 미와코를 쳐다보려고도 하지 않았다. 미와코도 말 붙일 엄두도 못 내고 성냥을 테이블 위에서 달그락달그락 가지고 놀다가 갑자기 어른스럽게 살짝 웃음을 띠고는 말했다.

미와코 "미사와 씨. 요전부터 죽 언니와 셋이서 이야기를 하고 싶었 었는데 마침 잘 됐네요. 자, 좋은 기회잖아요. 난 억지로 참 는 것을 가장 싫어해요. 난 깨끗하게 물러날 테니까, 언니와 둘이서 얼른 화해하세요."

나이도 얼마 안 된 외관상으로는 어린이 같은 미와코였지만, 그 웃음으로 보나 말씨로 보나, 눈물을 머금고 있고 어수선한 분위기 의 미사와나 언니를 가엽게 여기며 엷은 미소를 지으며 시치미떼 며 모르는 체하는 한없는 대담성이 포함되어 있었다.

미와코 "미사와 씨도 언니를 단념할 수 없고, 언니도 억지로 참으며 초연해하고 있으니 좀 우습네. 내가 상관할 문제가 아니지만, 그래도 혹시 겸연쩍다거나 쓸데없는 고집을 부리고 있는 거라면 내가 악수시켜 줄게."

미와코는 아래턱을 받치고 있는 미사와의 손을 갑자기 왼손으로 붙잡으려 드는 것을 미사와가 가볍게 뿌리쳤다. 그리고 그것을 계기로 자리에서 일어났다. 미사와의 태도가 너무 갑작스러웠기 때문에 신코도 깜짝 놀라서 일어났다.

미사와 "잘 있어. 미와코 씨, 나는 당신과는 두 번 다시 안 만나. 됐지? 그리고 신코 씨, 당신과도 이제 만날 필요는 없겠네요."

미사와의 얼굴은 노멘[34]과 같이 무표정이었다.

미와코 "네, 저는 상관없어요."

미와코는 의기양양하게 대답하고는 쏜살같이 안으로 달려갔다. 신코는 만류할 구실도 없고 이렇다 할 이유도 없었지만 이대로 헤어지는 것은 왠지 모르게 슬프다고 느껴졌다. 헤어진다고 하더라도 서로 마음을 위로하면서 헤어지고 싶다고 생각하고는 단 5분이나 10분이라도 더 이야기하고 싶어서 성큼성큼 걸어가는 미사와 뒤를 쫓아갔다. 그리고는 황급히 문밖으로 뛰어나갔더니 남자의 발은 빨라서 이미 5, 6간(間)이나 떨어져 있었다.

신 코 "미사와 씨! 미사와 씨!"

주위를 의식하면서도 불러보았지만 미사와는 마른 어깨를 으쓱

---

34) 能面 ; 일본의 대표적인 가면(假面) 음악극에서 쓰는 탈.

으쓱하면서 뒤도 돌아보지 않은 채 계속 걸어갔다.

신　코 "잠깐만요! 잠깐만요! 어머나!"

　신코도 종종걸음으로 뒤쫓아 갔지만, 미사와는 근처 사거리로 나오자 놀라는 신코를 거들떠보지도 않고, 가격을 정하지도 않은 채 택시에 올라타 버렸다.

〈 2 〉

　미와코는 언니와 미사와가 거의 동시에 문밖으로 뛰어나가자 미사와와 이대로 헤어져 버리는 것이 왠지 모르게 극적이라 느껴졌다. 그리고 오히려 가슴이 두근거리는 흥분을 느끼며 그녀답게 갑자기 격렬한 음악을 듣고 싶어졌다. 그녀는 엘렉트라(Elektra)의 뚜껑을 열고 콘치타 스페르비아(Conchita Supervía, 1895-1936)의 스페인 가곡집을 올려놓고 자기도 작은 소리로 함께 따라 부르면서 주점 안을 한두 차례 왔다갔다 했다. 그때 문이 열리는 소리가 났다. 미와코는 언니가 아니면 웨이트리스 중 어느 쪽일까 생각하고는 돌아보지도 않았다. 그 사람은 뜻하지 않게 마에카와였다.

마에카와 "안녕하세요! 기분이 좋아 보이는군요."

미와코 "어머나, 어서 오세요."

　순식간에 미와코는 아무 일도 없었다는 듯 명랑한 모습으로 밝은 두 눈에 미소를 가득 머금고는 말했다.

미와코 "언니인 줄 알았어요. 오늘은 일찍 오셨네요."

마에카와 "언니는 무슨 일 있습니까? 오늘은 아직 안 왔습니까? 장
　　　사를 열심히 안 하시네요."

미와코 "아뇨. 그렇지 않아요."

　　미와코는 의미 있는 미소를 띠면서 아무렇지도 않다는 듯,

미와코 "앉으시지 않을래요?"

　　마에카와에게 의자를 권했다. 마에카와가 소파에 앉자 미와코
　도 바싹 앉으면서 변죽을 울리듯이 말했다.

미와코 "언니는 조금 전까지 있었는데 마에카와 씨가 아직 안 오시
　　　는 줄 알고,"

마에카와 "장이라도 보러 가신 거예요?"

미와코 "그렇지도 않아요."

마에카와 "허허. 그럼 친구라도 만나러 나가신 거예요?"

미와코 "네. 결국 친구라고 말할 수 있겠네요."

마에카와 "그렇습니까?"

미와코 "말하면 언니한테 안 좋을까요?"

　　마에카와가 너무 순수하게 받아들이는 것이 어딘지 불만스러운
　듯 그의 속을 넌지시 떠보며 말했다.

마에카와 "있잖아요. 언니 애인이었던 사람, 그 미사와 씨가 아까 여
　　　기에 왔었어요. 그리고 한바탕 옥신각신했어요."

아무리 대담한 마에카와도 기분이 좋지 않은 듯 몹시 흥분한 상태로 물었다.

마에카와 "옥신각신했다니요, 무슨 일로요?"

미와코 "요컨대 미사와 씨는 저와 결혼할 생각 같은 게 없어요. 진짜 사랑하는 것은 언니이고 나와의 일은 한때의 장난이라고 말하러 왔던 거예요. 호호호……."

미와코는 일부러 엄청나게 찌푸린 상통을 하고 낮게 웃어 보였다. 마에카와는 불쾌했는지 할 말을 잃은 듯했다.

미와코 "그래서 언니는 미사와 씨를 쫓아 나갔어요. 지금쯤 은밀히 어딘가 뒷길을 산책하고 있을 거예요. 전 재미가 없네요. 어이가 없기도 하고."

미와코는 재빨리 콘치타 스페르비아의 레코드를 다시 틀었다.

〈3〉

길모퉁이에 미사와가 가버리고 혼자 남게 된 신코는 멍하니 하늘만 바라보고 있었다. 그때 "영차! 영차!" 하며 눈앞을 달려 지나가는, 연회실에 서둘러 가는 듯한 기생을 태운 인력거 채에 하마터면 들이받힐 뻔했다. 가까스로 몸을 피하고 나니 장소도 아랑곳없이 슬픔이 밀려왔고 눈물이 천천히 흘러나오기 시작했다. 이런 기분으로 곧장 가게에 돌아가서 미와코와 얼굴을 마주치는 것이 싫어서 긴자의 전찻길 쪽으로 혼자서 비적비적 걷기 시작했다. 단숨에 '엉' 하고 눈물이 나오면 오히려 시원할 텐데, 여러 복잡한 기분이 뒤섞여 있었기에 슬픔은 무겁고 천천히 가슴에 뿌리내리고 있었다. 아무것도 들고 있지 않은 양손에 의지할 데 없는 쓸쓸함이 생겨 양 소맷부리에 손을 넣고 자신의 가슴을 껴안는 듯한 자세로 신코는 네온사인이 쌀쌀하게 이어지는 긴자 거리를 그 후 20분 정도를 멍하니 걸었다. 이윽고 어쩔 수 없는 일이라고 단념하고 슬픔을 마음 한구석에 밀어 넣고는 이미 손님이 와 있을 '바·스완'으로 돌아갈 길을 찾았다.

가게에 돌아와 보니, 손님은 세 팀 정도 와 있었다. 미와코는 뭘 하고 있는지 둘러보니 방금 전 자기와 미사와가 마주 보고 앉아 있던 박스에 뜻하지 않게 마에카와와 마주 앉아 있었다. 마에카와가 이렇게 빨리 오리라고는 생각지도 못했기 때문에 신코는 조금 당황했지만 다행히 마에카와가 반대 방향에 앉아 있어서 다른 손님에게는 살짝 눈인사만 하고는 2층 자기 방으로 도망치듯이 올라왔다. 아까 미와코가 미사와를 대하는 태도를 보니, 이제 미사와 같은 사람에게는 미련도 없다는 것을 알 수 있었다. 늘 아무렇게나 되는 대로 행동하는 미와코이기에 마에카와에게 어떤 작업을 걸기 시작할지도 모른다고 생각하자 한시라도 방심할 수 없다는 생각이 들었지만, 그렇다고 해서 미와코와 다투면서까지 마에카와의 비위를 맞추는 것은 죽어도 싫었다. 그리고 미와코가 마에카와 테이블에 가 있는 이상 가까이하는 것도 추잡스럽다는 생각이 들면서도, 그래도 이대로 방관하는 것은 마음이 너무나도 초조하게 느껴졌다. 신코는 그것이 확실히 질투라는 것을 자신도 알고 있었다. 왠지 몸도 마음도 지쳐서 벽에 등을 기대고 양다리를 쭉 뻗고 털썩 주저앉았다. 내심 아래층 일이 걱정은 되었지만, 도저히 내려갈 기분은 들지 않았다. 20분 동안이나 그 상태로 앉아 있었다.

미와코 "언니 내려오지 않을래요? 다들 기다리다가 지쳐들 계세요."

　미와코의 목소리가 천진난만하게 아래층에서 들려왔다.

　〈4〉

　신코가 남아돌 정도의 많은 생각으로 잠자코 있으니, "언니!"라고 부르면서 단숨에 계단을 올라오는 요란스러운 발소리가 났다. 그 발소리를 듣고 있는 사이에 신코의 가슴 속에는 스스로도 예기치 못할 정도로 격렬한 분노를 여동생에게 처음으로 느껴졌다.

미와코 "언니! 뭐 하고 있어?"

　문밖에서 미와코가 모습을 드러내며 다시 한번 불렀다. 신코는 여전히 얼굴을 돌린 채 말을 아무 말도 하지 않았다.

미와코 "마에카와 씨도 아까부터 와 계셔. 알고 있지요? 다들 기다리고 있어요."

신 코 "너, 집에 돌아가. 그리고 이제 여기에 안 와 주었으면 좋겠
　　　어. 나는 네가 정말 싫어."

미와코 "헐~. 미사와 씨와의 싸움의 불똥이 나한테 튀는 거야? 민폐
　　　야, 민폐."

　　미와코가 말을 하면 할수록 그만큼 율연(慄然)[35]히 신코는 이
여동생이 더 미워졌다. 신코는 애써 조용히 그러나 냉담하게 말했
다. 미와코도 역시 언니의 냉엄한 모습에 조금 시선을 딴 데로 돌
리는 듯하며 진지한 표정을 지었지만, 바로 부루퉁해지고 뻔뻔하
게 말했다. 신코는 자신이 남자라면 뭔가 호되게 한마디 하고는
방 밖으로 떼밀어 내고 싶은 충동을 느꼈다.

미와코 "언니가 돌아가라고 해도 아래층에 있는 손님들은 전부 내 편
　　　이야."

　　미와코는 그런 말까지 했다. 언어도단이라는 생각이 들어 신코
가 창백한 얼굴로 '뚝' 하고 이야기가 끊기자 미와코가 어쩔 수 없
다는 듯이 말했다.

미와코 "내려오지 않을 거야, 알았어. 그 대신 마에카와 씨가 돌아가
　　　셔도 난 몰라."

　　평상시의 신코가 들어도 걱정될 얄미운 말을 내뱉고는 데꺽 아
래로 내려가 버렸다. 계단 중간까지 늘 읊조리던 고우타(小唄)[36]

---

35) 두려워 떠는 상태로.

의 소곡(小曲)37)을 흥얼거렸고 마지막 두세 계단은 뛰어 내려간 듯한 소동과 자신에 관한 것을 뭔가 익살스럽게 까불대며 보고라도 하는 듯이 아래층 손님들의 웃음소리와 미와코의 하이 톤의 목소리가 들려왔다. 신코는 전신이 떨리는 분함을 느꼈다. 미와코 같은 애를 이제 여동생이라고는 여기지 않으리라 다짐했다. 언니의 행복은 그 어떤 것에도 끼어 들어와서 기어코 자기도 맛보지 않으면 용납하지 않았다. 게다가 그것을 제지하려는 언니의 손을 콕콕 바늘로 찌르는 듯한, 때로는 기괴한 동물처럼 느껴지기까지 했다. 신코의 눈에서 분함과 분노의 눈물이 실이 끊긴 염주처럼 한없는 흘러내렸다.

〈5〉

울고 있는 사이에 머리가 뜨거워져서 종국에는 슬프지도 분하지도 않게 되었다. 그냥 공연히 눈물이 흘러나왔다. 스스로도 이렇게 하고 있으면 한도 끝도 없으니 마음을 다잡고 아래로 내려가 볼까도 생각해 보았다. 그러나 일시적으로 눈물이 멈추긴 했지만, 머릿속이 띵해서 이런 기분으로는 누구의 말 상대도 할 수 없다는 생각에 '아래층으로 가는 것은 그만두자'라고 단념한 신코는 광적으로 머리를 흔들면서 다시 눈물을 흘리는 것 같았다.

---

36) 에도(江戸) 시대 말기에 유행한 속곡(俗曲).
37) 소품곡.

30분이 지나고 나서야 간신히 눈물을 거두고 생각하니 어느새 미사와의 일은 까맣게 잊어버리고 아래층에 있는 마에카와의 모습만이 크게 마음속에 떠올랐다. 이렇게 자신은 내려가지 않으면서도 마에카와 씨는 어떤 방법을 써서라도 자기에 관해 물어봐 줄 수도 있을 텐데 하는 응석 부리는 듯한 원망스러운 듯한 생각 때문에 다시 눈물이 나올 것 같았다. 그게 아니면 혹시 마에카와 씨는 이미 돌아가 버린 것일까? 그렇다면 조금 인정이 박하다는 생각을 했다. 미와코가 쓸데없는 소리를 해서 마에카와가 기분이 상해 돌아간 것은 아닐까 하고 생각하니, 불안한 생각이 들어 상황을 보러 내려갈까 하고 생각했지만 미와코의 소리가 들려오자 다시 내려가기가 싫어졌다.

어린이로 돌아간 듯, 신코 자신에게도 어찌할 도리가 없는 기분이었다. 그러나 여하튼 간에 일단 화장을 고치려고 경대 앞에 앉았다. 많이 울어서 무거운 동백나무의 꽃잎처럼 눈동자가 부어서 반질반질했다. 그때 갑자기 노크 소리가 나서 신코는 깜짝 놀라 정신이 돌아왔다. 발소리도 기색도 느끼지 못했는데, 또 한 번 노크가 이어졌다. '마에카와 씨일까? 이런 얼굴을 하고 있는데 난처한데.'라고 생각하면서도 기뻐서 어쩔 수 없었다. '들어오세요!'라고 말할까도 생각했지만 만일 미와코라면 울화통이 터질 것 같아서 일어나서 문을 열었다.

마에카와 "무슨 일이 있으셨던 건가요?"

마에카와가 불안한 듯 물었다. 신코는 간신히 미소 지으며 고개를 가로저었다. 눈물로 더러워진 것을 아랑곳 하지 않고 얼굴을 돌리면서 말했다.

신　코 "돌아가신 것 아니었어요?"

마에카와 "걱정이 돼서요. 어찌 돌아갈 수가 있겠습니까? 그러나 다른 손님이 있는데 내가 올라오면 이상해서 초조해하면서도 밑에서 기다리고 있었어요."

마에카와가 신코 옆에 앉으려고 하자, 신코는 당황해서 한쪽 구석으로 치워놓은 의자를 꺼냈다. 이상하게 흥분한 신코는 그냥 마에카와가 자기에 관해 불안하게 생각하고 올라와 준 것만으로도 더할 나위도 없이 기뻐서 형언할 수 없는 기쁨을 미소로 나타내는 것 이외에 달리 방도가 없었다.

〈6〉

실컷 울고 난 후의 확 열린 마음을 마에카와가 마치 들여다보고 있는 것 같은 부끄러움에 미소를 지었지만, 신코는 곧 긴장되고 불안하게 보이는 마에카와 준노스케의 무언에 뭔가 자기 쪽에서 말을 하지 않으면 안 된다는 것을 느꼈다.

신　코 "저, 미와코가 미워서 울고 말았어요. 보기 흉하지요?"

신코가 응석을 부리며 손을 볼에 대면서 말하자, 마에카와는 카

멜의 재를 무의식적으로 다다미 위에 떨어뜨렸다.

마에카와 "또 다른 일이 있었지요? 미와코 씨에게 들었어요. 어떻게
　　　　된 거에요?"

　　신코는 고개를 가로저으면서 뜻밖에 마주친 준노스케의 눈 속
에 어느 틈엔가 애인 사이 있을 법한 복잡한 표정이 깃들어 있는
것을 보고 당황해서 눈을 딴 데로 돌리고 말았다. 그러나 본인 스
스로도 적당히 얼버무릴 수 없다는 마음에 그 상황에 맞는 답을
찾고 있었고 그녀가 먼저 물었다.

신　코 "미와코에게 무슨 말씀 들으셨지요?"

마에카와 "미와코 씨 이야기로는 미사와라는 분이 아까 오셨다고 하
　　　　던데요."

　　신코는 고분고분하게 끄덕였다. 마에카와는 조금 주저했지만
당황하며 뒤를 이었다.

마에카와 "그분은 미와코 씨와 결혼하기로 했고, 당신은 이전에 그
　　　　분을 좋아하셨던 거 맞죠? 제가 그런 것을 여쭤볼 자격은 전
　　　　혀 없지만요."

　　신코는 마에카와에게 거짓말을 해도 소용없을 것 같아서 솔직
하고 부드럽게 미소를 지으며 끄덕였다.

마에카와 "그럼, 당신이 가루이자와에 와 계실 동안에 그분과 미와
　　　　코 씨가 친한 사이가 된 건가요?"

신　코 "네."

마에카와 "그럼 이런 일은 저로서는 주제 넘는 일일 수도 있겠지만,
　　　　제가 그런 경솔한 짓을 했기 때문에 당신과 미사와 씨 사이
　　　　가 이상하게 된 것이 아닌가요? 만일 그렇다면 제가 너무 죄
　　　　송해서 마음이 괴롭습니다만……."

　　그러나 마에카와의 어색한 말 중간에 신코는 조용히 고개를 가
로저으며 부정했다. 마에카와는 아무 말도 하지 않았다. 신코는
마에카와로부터 더 많은 이야기를 듣고 싶어져서 조용히 아래쪽
을 보고 있었다.

마에카와 "그럼 미사와 군의 생각이 미와코 씨 쪽으로 기운 것인가
　　　　요?"

　　신코는 미약하게 고개를 가로저으면서 말했다.

신　코 "그렇지도 않아요."

마에카와 "그럼, 어떻게 된 것입니까?"

　　마에카와가 뭔가 말하려고 하다가 지그시 신코의 두 눈을 응시
했다.

〈7〉

마에카와 "그럼 미사와 씨가 그런 식으로 미와코 씨에게 손을 대서
　　　　당신이 물러나신 건가요?"

　　마에카와가 처음으로 일의 진상에 접근해왔다.

신　코 "네. 뭐 그런 이유도 있어요."

　　신코는 끄덕이면서 조용히 말했다. 마에카와는 새 담배에 불을
붙이면서 다소 엄격한 말투로 말했다.

마에카와 "그러나 당신이 진정으로 미사와 씨를 좋아했다면 미와코
　　　　씨 때문에 물러날 필요는 전혀 없는 것 아닌가요? 게다가 미
　　　　사와 씨라는 사람은 물론 당신을 좋아했던 것이지요? 이런
　　　　주점 같은 것 그만두시고 결혼하시면 되잖아요."

　　마에카와는 가능한 한 공정해지고 싶은 듯이 감정을 죽이고 말
했다.

신　코 "어머나! 당신까지 저를 괴롭히고 계시네요. 그렇게 좋으면
　　　　설령 상대가 여동생이라도 물러서거나 하지 않아요."

　　신코는 처음으로 자기 마음을 털어놓았다.

마에카와 "그럼 문제가 없는 것 아닌가요? 그렇게 눈꺼풀이 빨개질
　　　　정도로 울 필요는 없지 않나 해서요."

　　조금 거칠게 말하면서도 가슴 속에는 불처럼 사랑스러운 생각
이 치밀어 올라오는 것을 느꼈다.

신　코 "어머! 하지만 미와코는 미사와 씨를 진정으로 사랑도 안 하
　　　　면서도 유혹한 것처럼 이번에는 또……!"

  신코는 평소의 조신한 태도와는 어울리지 않는 요염하기까지 한 수치심에 번민하며 두 손으로 얼굴을 가렸다.

마에카와 "이번에는 또 어쨌다는 것입니까?"
신　코 "이번에는……. 아, 부끄러워요."

  마에카와는 신코가 말하려고 하는 것을 알고 있으면서도 그것을 신코가 말해 주었으면 좋겠다는 욕망에 불타서, "이번에는 어떻게 하겠다는 것입니까?"라고 재촉했다. 신코는 얼굴에서 두 손을 떼고 뜨겁게 달아오른 볼을 만지며 말했다.

신　코 "왜냐면 그 애는 될 대로 되라는 식이거든요. 당신에게도 어떤 일을 저지를지 몰라요. 아까도 제가 아래로 내려가지 않는다고 말했더니, 그럼 마에카와 씨가 돌아가셔도 모른다며 밉상스러운 말을 하던걸. 제가 갖고 있는 게 뭐든지 금방 손을 대고 싶어 하는 아이예요. 너무나도 얄미워요."

  미와코를 미워하면서도 갸륵한 교태 안에 자기에 대한 애정을 고백하는 신코를 마에카와는 한없이 사랑스럽게 바라보았다.

마에카와 "신코 씨, 미와코는 문제가 아니지 않습니까? 내가 얼마나 당신을 생각하고 있는지 아십니까?"

  마에카와는 지금까지 꾹 억눌러왔던 격정이 일시에 흘러넘쳐서 제정신을 잃고 일어나 벽에 기대 있던 신코를 자기 쪽으로 '확' 끌어안았다.

부인 책동
夫人策動

〈1〉

10월이 되고 나서 어느 정도 해가 짧아졌다고는 하지만, 7시라고 하면 아직 저녁 무렵의, 뭐라 말할 수 없는 부산스러움이 감돌고 있었지만 넓은 저택 안은 쥐 죽은 듯이 적막할 정도로 조용했다. 외출 차림의 아야코(綾子) 부인은 삼면경(三面鏡) 앞에 앉아 분가루를 떨어뜨리지 않도록 다시 한번 바싹 거울에 얼굴을 맞대고 분을 다시 바르고 있었다.

부　인 "쓰루. 쓰루야!"

부인이 거칠게 옆방에 있는 하녀를 불렀다. 긴장한 표정으로 문 앞에 딱딱하게 앉은 하녀에게 말했다.

부　인 "한 번 더 회사에 전화해서 몇 시경에 돌아가셨는지 물어봐."

부인은 질책하듯 명령했다. 하녀는 허둥대며 뛰어내려갔다. 아는 의학박사의 부인이 유예(遊藝)38)를 좋아해서 마침 어리고 귀여

---

38) 취미로 하는 예능.

운 사치코 정도의 여자아이에게 정식으로 일본 무용을 가르치고 있었는데, 그 무용 선생인 하나야기(花柳) 뭐라고 하는, 춘계 두 번 하는 발표회에 오늘이 그 여자아이의 첫 무대였다. 데이코쿠(帝国) 호텔 연예장으로, 의리상 떠맡은 표도 있고, 또한 평소 교제하고 있다는 체면상 살짝 얼굴을 내비쳐야 했다. 혼자 가기로 했지만 집을 나서려 할 때 갑자기 생각이 바뀌어, 그 아이의 무용만 보면 되니 그것이 끝나면 시간을 보낼 겸, 남편과 함께 긴자라도 걸어야겠다고 생각했다. 그래서 급히 남편에게 같이 가자는 전화를 회사에 걸게 했다. 그랬더니 이미 집에 가셨다고 한다. 식사를 마치고 오는 중인가? 1시간 정도 기다렸는데도, 마에카와는 아직도 돌아오지 않았다. 제멋대로 행동하며 걸핏하면 성을 내는 부인은 바작바작 속을 태우더니 이런 상황이 되면 묘하게 집요해져서 남편을 남기고 외출할 수가 없었다. 전화를 걸러 아래로 내려간 하녀가 묘하게 늦어서 자기도 아래층으로 내려가 보니, 문이 절반쯤 열린 채로 전화실에서, "네. 아직 돌아오시지 않았습니다."라고 다른 전화를 받는 목소리가 다시 바작바작 속을 태우고 짜증이 나게 만들었다.

하 녀 "아마 곧 돌아오시지 않을까 생각됩니다만, 확실한 것은 아
　　　직 ……."

　　부인의 기척을 느끼고는 주뼛주뼛 전화를 받는 하녀에게 부인이 물었다.

부　인 "누구한테 온 거야?"

하　녀 "네, 여쭤보겠습니다."

　　하지만 여전히 상대에게 대답하고 있었다.

부　인 "누구냐고 묻고 있는데 뭐 하는 거야?"

　　부인이 거친 소리로 소리치자, 하녀는 당황해서 송화기(送話器)[39]에 손을 대면서 작은 소리로 말했다.

하　녀 "난조(南條)님이라고 하시는 분입니다."

부　인 "난조(南條)? 여자야?"

하　녀 "네."

　　부인의 험악한 안색에 하녀는 자기 일처럼 떨고 있었다.

부　인 "전화 바꿔!"

　　부인이 수화기를 잡아챘다.

　　〈2〉

　　마에카와 부인은 하녀를 밀어젖히면서, 매서운 어조로 상대를 불러냈다.

마에카와 부인 "여보세요, 여보세요."

게이코 "저는 꼭 2, 3일 내에 뵙고 싶습니다. 그러니 꼭 사정을 여쭤

---

39) 전화기에서 말을 보내는 장치.

봐 주셨으면 합니다. 부탁합니다."

상대는 아직 이쪽을 하녀라고 생각하면서 전화를 끊으려고 하는 것을, 부인이 날카로운 기세로 물어보았다. 상대는 어조가 갑자기 바뀐 것을 알아차리고 다소 망설이는 듯한 어조로 말했다.

부　인 "여보세요, 여보세요, 당신 누구세요?"

게이코 "어머, 얼마 전에 찾아뵜던 난조 게이코(南條圭子)라고 말씀해 주시면 주인어른께서 아실 것입니다."

머릿속에 있던 신코와는 달랐고 목소리도 확실히 신코가 아니었지만, 부인은 어조를 바꾸지 않고 계속했다.

부　인 "여보세요, 여보세요, 난조 게이코 씨? 남편한테 무슨 용무이십니까?"

다소 딱딱한 말투로 묻자, 게이코가 잠시 사이를 두고는 격식 있는 말투로 말했다.

게이코 "어머나! 정말 당치도 않은 결례를 범했습니다. 아, 부인되십니까? 저는 댁에서 신세를 졌던 신코의 언니입니다. 여동생이 여러모로 신세를 많이 졌습니다. 죄송합니다."

부　인 "아, 신코 씨 언니시라고요? 정말 큰 실례를 했습니다. 제 남편에게 무슨 용무이신가요?"

언니가 남편과 교류가 있다고 하면 여동생 쪽은 그 이상으로 무엇인가 있을지도 모른다고, 여자다운 민감성으로 바짝 신경을 곤두세웠다.

게이코 "저희, 극(劇)을 후원해 주고 계십니다."

부　인 "뭐라고요?"

게이코 "극(劇)이요, 아, 연극입니다. 저희가 연극을 하고 있거든요."

부　인 "신코 씨도 하고 있어요?"

게이코 "아니요. 저만 하고 있어요."

부　인 "아, 그러시군요."

게이코 "네, 마에카와 씨에게는 무척 많이 신세를 지고 있어요. 9월 공연에도 표를 많이 떠맡아 주셨거든요."

　　언니를 저렇게 후원하는 것은 여동생과 뭔가 있다고 생각하여 부인 마음에는 이미 질투의 불길이 활활 타오르면서도 더욱 공손하게 말했다.

부　인 "그렇습니까? 그건 전혀 몰랐습니다. 저도 연극 쪽은 싫어하지 않아요. 남편으로부터 아무런 이야기가 없어서 전혀 몰랐습니다. 연극이라면 저도 도울만한 일을 할 수 있겠네요. 지금 남편은 없지만 이쪽으로 오지 않겠습니까?"

　　언니를 끌어들여 목표로 하는 여동생의 소식을 알아내고자 하는 부인이 갑자기 친구처럼 친밀한 말씨를 썼다.

〈3〉

지식은 있어도 사람 좋은 게이코는 금세 기뻐하며 말했다.

게이코 "감사합니다. 내일이라도 형편이 허락하면 찾아뵙겠습니다."

부　인 "지금이라도 괜찮아요. 그 대신 지금 곧 와주셨으면 해요."

　부인이 천연덕스럽게 재촉했다.

게이코 "하지만 너무 밤이 늦어서요."

부　인 "저희는 전혀 상관없어요. 그렇게 하세요. 그 대신 되도록
　　　　30분 이내에 와 주세요."

　게이코가 곧 찾아뵙겠다며 전화를 끊자, 옆에 겁먹은 듯 서 있
던 하녀에게 부인이 말했다.

부　인 "이제 회사 쪽에 전화하지 않아도 돼요."

하　녀 "한 번 걸었습니다만 통화 중이어서 기다리고 있는 사이에
　　　　전화 받으셨던 분에게 전화가 와서요."

　하녀의 변명을 귓등으로 들으며 2층 방으로 돌아온 아야코 부
인은 다시 한번 거울 앞에 몹시 쓴웃음을 지으며 앉았다. 이미 4,
5년 전부터 부부 사이의 일은 한 해에 몇 번도 안 하는 마에카와
이다. 그러니만큼 밖에 여자를 만들 남편은 아닐 것이라고 부인은
믿고 있었다. 물론 부부 생활은 불만이었다. 부인은 남편인 마에
카와를 짓궂게 풀솜으로 목을 조르는 듯 괴롭히는 방식으로, 즉
정신적 사디즘(sadism)으로 그 불만을 푸는 경향이 있었다.

난조 신코에 대해 마에카와가 왠지 모르게 호감을 가지고 있는 것 같아서 핑계 삼아 일을 그만두게 했다. 두 사람 사이는 그것으로 끝났다고 생각했는데 예기치 않게 신코의 언니라는 여자로부터 전화가 온 것이다. 언니한테까지 쓸데없는 후원을 하고 있다고 한다면 신코에게는 과연 어떤 후원을 하고 있을지는 알 수 없지만 내 알 바는 아니다. 게다가 곰곰이 생각해 보니 요즘 남편이 돌아오는 시간이 전보다 훨씬 늦어지고 있다. 그저께 밤도 내가 가부키(歌舞伎) 구경을 하고 돌아와 보니 남편은 나보다 불과 한 발짝 먼저 돌아온 듯한 모양이 그것이다. '이것은 대단히 큰 약점을 잡은 것인지도 모른다.'라고 아야코 부인은 분노와 더불어 심술궂은 쾌감을 느끼며, 아무것도 모르는 척 당황해서 뛰어올 신코의 언니를 기다리고 싶은 기분이 들었다. 전화의 낌새로는 상대하기 어렵지는 않을 것 같아서 조금 장단을 맞춰주며 신코에 관해 모조리 알아내 주마! 하고 생각했다.

〈4〉

신코의 언니를 기다리는 동안, 아야코 부인은 뭔가 문득 생각이 떠오른 듯이 벨을 누르고 하녀를 불러 다소 상냥하게 물었다.

부　인 "지금 전화한 사람, 가끔 온 적이 있었어?"

하　녀 "언젠가 한 번 오신 적이 있습니다만, 제가 안내하지는 않았습니다. 9월 중에 한두 번 전화가 온 적은 있습니다."

여전히 하녀는 오들오들 떨고 있었다. 부인은 "그래?" 하며 턱으로 저쪽으로 가라고 가리키고는 더 이상 돌아보지도 않고 다시 거울을 향한 채 생각하기 시작했다. 계집질하는 남편이 질투심 많은 아내를 다룰 농간을 생각하는 것처럼 부인은 남편과 신코, 신코의 언니 3명을 어떻게 다뤄야 할 것인지 마음속으로 몰래 생각하고 있었다. 이것은 앞에서 언급한 바와 같이 부부다운 애정에서 나오는 질투라기보다는, 식어버린 부부애가 표면에 드러나지 않고 내부로 퍼져서 생긴 다분히 병적인 것이니만큼, 성질은 악성이고 상대를 철저하게 괴롭히며 가능한 한 치근덕거려서 만족을 얻으려는 것이다. 남편이 자기를 사실은 전혀 사랑하지 않고 그냥 형식상으로만 맞춰주고 있다는 것도 이미 오래전에 알고 있었다. 그러나 그 때문에 지금까지 주색에 빠진 적도 없고, '힘 앞에는 굴복하라[40]'는 주의여서 그저 가정평화를 유지하고자 하는 남편이 어딘지 미흡한 것 이상으로 얄밉게 생각되었다. 이런 좋은 기회에 남편을 몰아세워서 '편의주의'의 가면을 잡아떼 주고 싶다는 속셈도 있었다.

바로 엎어지면 코 닿을 만큼 가까운 요쓰야(四谷)에 와서 그런지 게이코가 20분도 안 되어 마에카와 저택을 찾아왔다. 응접실로 안내받고 앉을 새도 없이 매우 기분이 좋은 부인의 대접을 받으니

---

40) 힘 센 자에게는 당하지 못하니 잠자코 따르라는 것.

첫 대면인 게이코는 몹시 기뻤다.

부 인 "자 편히 앉으세요. 저 혼자였지만 신코의 언니분이라서 해
　　　서 그만 나도 모르게 뵙고 싶어 불렀어요. 실례가 되지 않았
　　　나요?"

　　부인은 말씨도 다소 스스럼없이 바꾸고 게다가 그만큼 친밀감
을 보이며 넘칠 듯한 애교로 맞이했다.

게이코 "아니요, 천만의 말씀입니다. 부인을 뵙게 되어 영광입니다."

부 인 "실례지만 무대 쪽에 관계하고 계시니만큼 같은 자매라도
　　　당신이 훨씬 미인이시네요."

게이코 "어머나 별 말씀을!"

　　게이코가 기뻐하는 것을 보고 부인은 신코와는 달리 심지가 없
는 정말 선량하게 보이는 게이코를 쉽게 요리할 수 있으리라 간파
했지만, 홀가분하고 스스럼없는 미소를 보이면서 계속해서 좋은
미끼를 던졌다.

부 인 "게다가 당신이라면 진짜 친구가 될 수 있을 것 같아요.

　　〈5〉

　　귀신도 살고 뱀도 사는 부인의 마음속을 알지 못하고, 게이코는
부인의 애교에 현혹되어 마에카와 씨도 좋은 분이지만 부인은 한
층 더 정말 마음을 터놓을 수 있는 좋은 분이라며 감탄했다. 부인

은 마음속의 손톱은 빈틈없이 갈아두면서도 겉으로는 웃음이 넘
치는 얼굴로 말했다.

부　인 "신코 씨와도 그 일이 있고 난 후에 아직 만나 뵙지 못했어
　　　요. 지금 어떻게 지내고 계세요? 그분이 계속해서 우리 집에
　　　계셔 주시기를 원했었는데……. 그것이 사소한 충돌로 갑자
　　　기 돌아가신다고 해서 제가 실망했어요. 아이들도 잘 따랐
　　　고 정말 좋은 분이었어요. 지금 어떻게 지내세요?"

게이코 "어머!"

　　　게이코는 솔직히 어이가 없었다. 여동생 이야기로는 부인과의
감정의 충돌로 견딜 수 없을 정도로 싫었던 모양이었는데, 이 부
인의 어디가 그렇게 싫었던 것일까? 보기에는 현명하고 친절하고
게다가 지금 해고하고 나서도 여동생을 걱정하고 있는 것이 아닌
가? 게이코의 생각으로는 아무래도 신코의 생각이 제멋대로이고
고집이 세다고밖에 생각할 수 없었다.

게이코 "부인께서 그렇게 생각해 주시는데 그 애는 너무 제멋대로
　　　인 것 같네요."

　　　게이코는 진심으로 미안함을 전하려는 듯 변명을 했다.

부　인 "아니요. 신코 씨가 나쁜 것도 아니에요. 원인이라고 하면
　　　아이들의 싸움 같은 거예요. 이를테면 이런 것이지요."

　　　부인은 더욱 친밀감을 보이며 '시타쿠(支度; 준비)'라는 한자를

자기가 고타로에게 '시타쿠(仕度; 준비)'라고 가르쳐 준 것에서 그것을 신코가 '시타쿠(支度; 준비)'라고 정정해 준 것이 모든 원인이라는 듯 유쾌하게 이야기를 이어갔다. 그러자 게이코는 금세 부인에게 동정의 눈길을 보냈다.

게이코 "자기 여동생에 관해 나쁘게 말하는 것은 좀 이상하게 들릴 수도 있지만, 그것이 그 애의 결점 중 하나에요. 조금 현학적(衒學的)[41]이고 융통성이 없거든요. 뭐 그런 일로 부인께 대들었다니 죄송해요. 그런 일로……, 정말 죄송합니다."

부　인 "아니요. 나도 그런 일에 구애받고 싶지 않았어요. 나만 잠자코 있었으면 아무렇지도 않았을 텐데. 정말 유감이에요."

　　　부인은 일이 생각대로 되어가자 점점 우쭐대면서도 한없는 인자함을 보였다.

게이코 "아실지 모르겠습니다만, 제가 연극 공연으로 꼭 돈이 필요해져서 신코에게 염치없이 돈을 요구했더니 신코가 마에카와 씨에게 부탁해서 돈을 대 주셔서 간신히 공연을 마칠 수 있었어요."

부　인 "그것은 아직 신코 씨가 가루이자와에 계실 때의 일인가요?"

　　　부인은 중요한 요지만을 빈틈없이 확인해 두고 싶었다.

게이코 "네, 그렇습니다. 이렇게 은혜를 입고 있는데 갑자기 돌아와

---

41) 스스로 자기 학문이나 지식을 뽐냄, pedantic.

서 집에서도 다들 깜짝 놀랐습니다. 정말 부인의 마음을 제대로 이해했다면 신코도 틀림없이 대할 낯이 없다고 생각하고 있을 겁니다."

게이코는 다시 한번 고개를 숙였다.

〈6〉

신코가 가루이자와에 있을 무렵부터 이미 그런 돈을 마에카와가 주었다니 놀랄 만한 사실이었다. 아야코(綾子) 부인은 갑자기 긴장하면서 말했다.

부　인 "어머나! 그런 일도 있었어요? 남편은 말을 잘 않는 편이라서 내게는 아무 말도 안 하던 걸요. 그래서 전혀 몰랐어요. 그래서 전화상으로는 잘 이해가 되지 않을 것 같아서 오시게 한 것입니다. 저도 연극 무척 좋아해요."

게이코 "정말 감사해요."

부　인 "원래 '신코자(新興座)'가 분열되기 전에는 후원자들이 만든 가요카이(火曜会)라는 것이 있지 않았습니까? 전 거기에 들어가 있었어요. 그래서 '신코자(新興座)'의 공연은 바뀔 때마다 보러 가곤 했어요."

게이코 "어머! 그러셨군요? 그럼 부디 저희 극단도 후원해 주시겠어요? 아직 대학생이 많아서 미완성이긴 하지만요."

부　　인 "아니요. 그런 것이 오히려 열의가 있어 좋아요. 당신은 용
　　　　모도 뛰어나니 무대에 서면 멋질 것 같아요."

게이코 "그런데 첫 상연 때 비교적 평이 좋았어요."

부　　인 "그래서 신코 씨도 그쪽 일을 돕거나 하고 있나요?"

　　게이코가 사려분별 없이 득의양양해지는 것을 확인하고 천연덕
스럽게 물었다. 인생행로 절대로 좌우를 돌아보지 않을 것 같은,
좌우는커녕 자기가 이렇게 생각하면 길이 없는 데라도 길을 만들
어나갈 것 같은, 만화에서 등장하듯 참으로 정직하게 보이는 게이
코도 이 시점에서는 역시 조금 여러모로 생각이 많은 듯했다.

　　여동생이 주점에 나가는 것 따위 게이코는 크게 반대였기 때문
에, 그 일에 관해 신코와는 일체 이야기도 하지 않았고 아무것도
물어보지 않았다. 그러나 엄마나 미와코로부터 간접적으로 들은
바로는, 신코가 마에카와 씨가 운영하는 주점의 카운터를 맡고 있
다는 것이었다. 그것을 부인이 전혀 모르고 있다는 것은 이상하
다. 말해야 좋을지 어떨지 조금 고민했지만, 이렇게 친절한 부인
에게 일을 숨기는 것은 예의가 아니라 생각했고, 만일 말해서 신
코에게 민폐가 된다고 하면 그것은 신코가 무엇인가 떳떳하지 못
한 짓을 하고 있어서 그런 것이며 신코 자신이 나쁜 것이라 생각
했다.

부　　인 "그렇지 않으면 신코 씨는 아무것도 안 하고 계신가요?"

부인이 다정하게 다시 한번 묻자 자기 일처럼 얼굴을 붉히며 말했다.

게이코 "좀 부끄러운 일지만, 그냥 주점에 나가는 것 같아요."

부　인 "어머! 주점에 나간다고요? 그럼 웨이트리스이신가요?"

부인의 말에는 역력히 조롱과 모멸의 의미가 들어있었다.

게이코 "아니요. 카운터 일을 맡고 있는 것 같습니다."

게이코는 당황하며 급히 부정했다.

〈7〉

신코가 주점에 나가고 있으리라고는 그 머리가 잘 돌아가는 부인도 전혀 예기치 못한 일이었다. 하지만 요즘 마에카와 씨가 가끔 술기운을 띠고 돌아오는 것을 그것에 비추어 보면 남편과 신코에 대한 의심이 한 꺼풀씩 벗겨져 간다는 생각이 들어 부인은 심술궂은 쾌감에 흥분하면서도 그러나 겉으로는 어디까지나 냉정하게 동정 어린 말투로 대했다.

부　인 "설령 카운터라고 하더라도 그런 분이 주점에서 일하는 것은 좀 아깝지 않습니까? 그렇게 교양도 학문도 있으신 분이 그렇게까지 망가져 버리신 거예요? 그렇다면 제가 남편과도 의논해서 어디에라도 소개해 드릴 수도 있을 것 같은대요."

게이코 "그런데 뭐라더라? 마에카와 씨의 소개로 들어갔다는 말을 한
        것 같았는데요."

　　게이코는 멍청하게도 결국 말을 해버리고 말았다.

부　　인 "어머나! 남편 소개로요? 그 사람 그런 걸 저에게는 전혀 말
        을 안 해요. 이상하네요. 그런데 남편의 소개였다면 그 사람
        도 참 사려분별이 없는 것 같군요. 그런 곳에 신코 씨를 소
        개하다니 경솔하기 짝이 없어요."

　　그렇게 말하면서 이제 확실히 남편과 신코의 꼬리를 잡았다는
비열한 쾌감으로 몽롱한 기분으로 몹시 상기하기 시작했다. 조금
만 더 두드리면 더욱더 어떤 커다란 먼지라도 나올지도 모른다.
다행히 이 게이코라는 인물이 백지처럼 겉과 속이 같고, 게다가
자기 생각대로 어떻게든 물들어 줄 것 같았다. 부인은 자기 책략
이 성공한 것에 몹시 기분이 좋아졌다.

부　　인 "그 주점은 역시 긴자에 있나요? 유명한 집이에요?"
게이코 "아니요. 새로 낸 집이어서 저는 이름은 몰라요. 전 주점 같
        은 데 나가는 것을 크게 반대해서 잘 듣지도 않았거든요."

　　게이코의 대답에 거짓은 없는 것 같았다.

부　　인 "정말 그래요. 바에 소개하다니 정말 생각이 없네요. 근데
        이상하네요. 남편은 별로 술도 안 마시는데, 어떻게 남을 소
        개할 정도로 바를 잘 알고 있을까요?"

게이코는 또 당황했다. 미와코에게 듣기로 그 바는 마에카와 씨의 자본으로 차린 것이라고 했다. 불확실한 사실을 마에카와 부인에게 이야기하는 것은 왠지 결례된다는 생각에 대답하지 않았다. 그러나 부인은 집요했다.

부 인 "말해 줘요. 더 자세히 말이에요. 2, 3일 정도 잘 조사해서 말이에요. 나는 남편을 추궁해서 신코 씨를 어째서 그런 곳에 소개했는지 혼내 줄 거예요. 그리고 그 보상으로 더 좋은 곳으로 소개하도록 말해 주겠어요. 왜냐면, 바 같은 데는 좋지 않으니까요."

게이코를 보기 좋게 스파이로 삼으려는 부인의 속셈이었다.

부부의 애증
夫婦の愛憎

〈1〉

게이코는 부인이 신코의 몸을 아껴주고 있다는 감격으로, 부인이 싫어하고 경멸하는 주점에 나가는 여동생 대신 얼굴을 붉히면서 머리를 끄덕였다.

게이코 "네."

부　인 "당신도 그 주점에 가서 보시지 않겠어요?"

부인이 영악하게 물었다.

게이코 "아니요. 저도 사모님과 마찬가지로 여동생이 주점에 나가는 것을 크게 반대했기 때문에 가지도 않았고, 그것에 관해 묻지도 않았어요. 다만 긴자(銀座) 뒤 어디라고만 들었어요."

게이코는 상대에게 분위기를 맞추면서 대답했다. 그런 게이코를 보고 부인은 슬며시 떠보듯 말했다.

부　인 "그럼 돌아가시면 게이코 씨가 저를 만나셨다는 것은 누구한테도 말하지 마시고, 거기가 어떤 성격의 바인지, 제 남편도 가끔 가는지 어떤지 같은 것을 조사해 주시지 않겠어요? 그리고 제게도 알려 주시고요. 난 남편을 좀 놀려주고 싶어요. 난 신코 씨를 주점에 소개한 것을 괘씸하다고 생각하거든요. 확실한 증거를 잡고 나서 나무라고 싶어서요. 그러고 나서 남편에게 권유해서 남편 회사에라도 제대로 소개하도록 말할 생각이에요. 전 신코 씨는 착실한 분이고 충분히 유능한 분이라고 생각해요. 그런 차분하고 현명한 분은 직업여성이 적격이에요."

입으로는 그렇게 말하면서, 거만한 부인도 모든 것을 남편이 자기에게는 비밀로 하고 신코를 바에 소개한 것을 생각하니 분해서 가슴이 떨리기 시작했다. 그래서 아까부터 계속하여 간살부리던 웃음기는 갑자기 일그러졌다. 우쭐대며 신코를 돌보고 있는 남편에게 신랄한 복수를 할 방법을 생각함으로써 완전히 흥분에 사로잡히게 되었다. 이 게이코를 앞잡이로 남편이 전혀 알아차리지 못하도록 신코를 주점에서 쫓아내 버리는 것도 하나의 방책이겠지만, 더더욱 남편과 신코를 놀라 자빠지게 만들 수 있는 방법은 없을까 끊임없이 생각했다. 그러면서 게이코에게는 조금 생각을 바꾼 것처럼 말했다.

부　인 "그래. 맞다. 당신의 볼일을 소홀하게 해서는 미안하지요. 그 대신 이 다음 표는 제가 다 떠맡으면 되겠지요?"

부인이 싹싹하게 말하자 게이코는 기뻐했다.

게이코 "아, 정말 감사합니다."

부　인 "얼마짜리 표에요?"

게이코 "1엔에서 2엔 합니다."

부　인 "그럼 1엔짜리 표 10장, 2엔짜리 표 5장 구입할게요. 그러면 되지요?"

　　우세한 입장을 이용하여 부인이 말했다. 붙임성이 있는 태도에 부인이 100엔 정도는 떠맡아 줄 것이라고 예상했던 게이코의 기대는 어긋났지만, 고맙다는 인사를 해야만 했다.

게이코 "예, 감사합니다."

부　인 "그 대신 신코가 일하는 주점의 정체를 확실하게 조사해 주셔야 해요. 남편을 놀려 줘야 해요. 나도 그런 것 무척 재미있으니까, 남편이 쓸데없는 도움을 주고 있다면 내가 틀림없이 힘이 되어 줄 수 있을 거예요."

　　부인은 다시 다른 뜻이 없다는 듯 미소를 띠었다.

〈2〉

　　부인은 특별히 현관까지 배웅하고 게이코가 자각자각 작은 자갈에 소리를 내며 뜰에서 나무를 많이 심은 곳 뒤로 사라질 때까지 하녀와 함께 게이코를 전송하고 있었다.

부　인 "무더워지기 시작했네. 흐려진 게 아닐까? 바람이 없는 걸······."

하녀에게 다정하게 말하면서 부인은 2층에 올라갔다. 그러나 자기 방에 가지 않고 남편 서재에 들어갔다. 그리고 그곳 벽 전등만을 켜고 커다란 라이팅 데스크[42] 앞에 서서는 거칠게 전기스탠드의 사슬을 당긴 후 먼저 한가운데 있는 서랍을 활짝 열었다. 그 안에는 그 사람의 성격을 나타내듯 불필요한 것은 아무것도 없었다. 오른쪽에는 관련 회사 서류가 몇 개 반듯이 놓여 있고, 편지지에 봉투, 피로회복제와 두통약 등의 작은 병이 2, 3개 있었다. 부인이 찾고 있는 신코가 보낸 편지 같은 것은 그림자도 보이지 않았다.

게이코의 이야기에서 추측해 보면 편지를 주고받는 정도일지도 모른다. 남편을 옴짝달싹 못 하게 잡아두기 위해서는 뭔가 물적 증거가 필요해서 그것을 찾고 있는 건데······. 지금까지 부부 사이에 뭐 하나 숨기는 것이 없었기 때문에 어디 하나 자물쇠가 채워져 있는 곳도 없다. 이 책상이야말로 이렇게 되면 안성맞춤인 장소이다. 책상 양쪽에 5개의 서랍이 달려 있다. 그 하나하나를 슬쩍 만진 흔적이 남지 않도록 조심하면서 뭔가 나오지는 않을지 조사하기 시작했다. 새하얀 종잇조각 속까지 펄럭펄럭 흔들어 보기도 했다. 그러나 마지막 서랍까지 아무것도 찾을 수 없었다. 부인은 조금 낙심해서 마지막 서랍에 들어있는 피스톨과 쌍안경, 사용

---

42) writing desk ; 서류 정리용 서랍이 달린 문필용 책상.

하지 않은 호박 파이프 등을 속절없이 따분하게 바라다보면서 항상 그렇지만 깔끔해서 허술한 데를 드러내지 않는 남편 태도가 책상에까지 나타나 있다는 생각에 묘한 초조함을 느끼고 있었다.

그때 부인이 잠시 피곤해서 앉아 있다가 문득 아까 본 두 번째 서랍에 들어있던 남편의 수표책을 생각해냈다. 모든 문제는 금전과 관련되어 있다. 그렇게 생각하고 부인은 남편의 수표책을 꺼내서 후드득 넘겨보기 시작했다. 부인은 매달 경상비로서 2천 엔씩 남편에게서 받고 있다. 그때그때 필요에 따라 쇼핑을 할 때는 별도이기는 하지만. 따라서 남편의 수표책은 2천 엔의 지출을 제외하면 전부 남편의 잡비로 충당되어야만 한다. 8월부터 9월에 걸친 날짜를 손으로 더듬어 찾아보니 메모 쪽에 아무런 항목도 쓰여 있지 않고 발행된 금액이 대충 계산해도 8천 엔 남짓이나 되는 것이 있었다.

〈3〉

혹시 신코에게 준 것은 아닌가 하고 금방 의심했지만, 그러나 금액이 너무 커서 남편이 그렇게 많이 신코에게 주었다고 생각하기에는 좀 믿기 어려웠다. 그러나 언니 연극 활동의 후원을 할 정도라면 신코에게는 어떤 것을 해 주고 있을지 모르는 일이라 그 주점도 의외로 남편이 차려 준 것인지도 알 수 없다. 만일 그렇다면 남편과 신코와의 관계는 이미 상당히 깊은 데까지 진행되었음이 틀림없다고 부인 머릿속에는 질투에서 나오는 추악한 억측으로 충만했다.

정신을 차려보니, 이미 8시가 지났다. 부인은 놀라서 아래층에 내려가서는 하녀를 재촉하여 차를 준비시키고 급히 데이코쿠(帝国) 호텔 연예장으로 몰게 했다. 도착해 보니 의학박사의 따님은 이미 무대에서 '사기무스메(鷺娘)[43]'를 추고 있다. 만석의 연예장 사이를 발소리를 죽이며 들어가 좌석에 앉았다. 사치코와 동갑내기인데도 훨씬 몸집이 작고 어리고 귀여운 어린아이가 하얗고 진하게 분을 바르고 파랗게 빛날 정도로 연지를 바르고 인형 같은 단발머리로 무거운 의상을 걸치고 춤추는 무대는 마치 '사시로인형(佐四郎人形)'을 보는 것 같았다. '나가우타(長唄)[44]'를 담당하는 무리는 과분한 면면이었다. 발목(撥木)으로 악기를 타는 소리가 맑고 아름다웠다. 춤은 거의 절반 이상 진행되어 '마치무스메(町娘)[45]'의 의상을 입고 뱅글뱅글 양산을 돌리고 있던 아이는 흑귀자(黑鬼子)에게 의상의 시침실을 빼앗겨서 백로의 본성을 드러내고, 아이노테[46]의 활기찬 연주에도 음산한 섬뜩한 소리에 따라,

---

43) 가부키(歌舞伎) 무용의 일종.
44) 에도(江戸) 시대에 유행한 긴 속요(俗謠).
45) 상가(商家)에서 자란 처녀.
46) 合の手 ; 노래와 노래 사이에 넣는 샤미센(三味線)만의 간주.

옥졸이 사방에 떼 지어 모여
철 지팡이 치켜들고 쇠로 만든
이를 갈며 소리 내며 내몰고 내몰아
하루 종일 그 사이에
뱅글뱅글 쫓아다니고 또 쫓아다니고

라고 띠에 그려진 도깨비불을 흔들면서 용케 눈물이 날 정도로 열심히 춤사위를 펼치고 있었다. 공연이 끝나자 우레와 같은 박수갈채가 터졌다.

부인은 의외로 무관심하게나마 그 무대를 다 보고 난 뒤, 즉시 무대 뒤로 뛰어가서 춤추던 아이의 어머니에게 축하와 겉치레의 형식적인 인사를 했다. 그 주위에 우글대는 얼굴도 다 아는 부인이나 그 딸들이어서 그 사람들과 잠시 잡담을 나누었다. 이 다음 공연인 '산샤마쓰리47)'를 다 보고 긴자에서 쇼핑이라도 할까 꽤 따분한 표정으로 팔러48)쪽으로 돌아오니, 뜻밖에 기가(木賀) 자작(子爵)이 혼자서 아름다운 부인들 사이에서 홍차를 마시고 있었다.

부 인 "어머! 기가 씨도 오셨어요?"

부인은 금세 활기찬 웃는 얼굴로 가까이 다가갔다.

---

47) 三社祭 ; 도쿄(東京) 3대 축제의 하나인 아사쿠사진자(浅草神社)의 축제.
48) parlour ; 응접실.

〈4〉

떠맡은 표가 남아돌아서 기가(木賀)의 여동생들에게 보내주기
는 했는데 하이칼라[49]인 여동생들도 오지 않을 거라는 예상과는
달리 기가(木賀)가 와 있어서 부인은 놀람과 동시에 갑자기 그 자
리가 즐겁게 느껴졌다.

부　인 "기가 씨가 오시리라고는 생각하지 못했어요. 남편보고 같이
　　　오자고 안 하기를 잘했네요. 어지간히 기가 씨도 한가하신
　　　가 보죠."

　　부인은 조금 체면을 차리는 듯 그럴싸한 거짓말을 하며 놀렸다.

기　가 "아뇨, 어떤 분 따님의 춤을 좀 보고 싶어서요."
부　인 "누구예요?"

　　부인이 프로그램을 펼치며 말했다.

기　가 "시키(四季)[50] 중에서 봄을 추는 사람이요."
부　인 "몰라요. 저는 지금 막 온걸요. 좀 더 큰 쪽이었나요?"

　　부인은 놀리는 눈초리로 기가를 올려다보았다. 그때 공연 시작
　을 알리는 벨이 울렸다.

부　인 "그럼, 기가 씨도 볼일을 다 보았고 저도 어쩔 수 없이 해야

---

49) 서양풍을 좇거나 유행을 따라 멋 부리는 것 또는 그런 사람.
50) 사계, 사계절.

할 의리를 다했으니 이 공연 보고 같이 나가실까요? 긴자(銀座)에 같이 가 줘요.”

기 　가 “네. 제가 모시고 가겠습니다. 저는 지금 가도 상관없어요.”

부 　인 “그런데 저는 온 지 얼마 안 되었는데 돌아가면 조금 우습잖아요. 이 춤이 끝나고 나서 나가시죠. 이 공연 끝나면 편하실 때 나가서 제 차 안에서 기다리고 계세요!”

두 사람은 좌석으로 가는 북적대는 곳에서 헤어졌다. 어린아이들이 하는 ‘산샤마쓰리(三社祭)’의 선인과 악인의 춤이 끝나자, 부인은 재빨리 빠져나와 차에 가보니 기가는 이미 훨씬 전에 차에 타 있었다. 차가 ‘야마시타몬(山下門)’ 쪽으로 움직이기 시작하자 부인은 작은 소리로 말했다.

부 　인 ‘봄을 춘 애가 기시다 치에코(岸田千枝子)라고 했지요? 어느 집안 따님이에요?”

기 　가 “아니, 그건 좀 말하기가…….”

부 　인 “이상하네. 그 사람의 춤을 일부러 보러 오다니! 그래서 이쓰로[51] 씨가 요즘 나한테 오지 않았던 건가?”

기 　가 “아뇨, 그런 게 아니에요. 혼담이 오가는 상대로 나는 물론 거절할 생각이었는데 우치야마(內山) 큰어머니가 중매를 해서, 당사자는 좀 봐 두지 않으면 귀찮아질 것 같아서요.”

부 　인 “그럼, 그분과는 만난 적이 있나요?”

---

51) 逸郞 ; 기가 이쓰로, 기가의 이름.

기　가 "물론 없어요."

부　인 "그러면 용서해 줄게요. 이쓰로 씨, 대단한 뉴스가 있어요. 내려서 이야기할게요."

긴자(銀座)의 전찻길에서 차가 멈췄다.

〈5〉

시세이도(資生堂)에서 쇼핑을 마치고 그 건너편 카페에서 부인은 박스시트52)에서 기가와 마주 앉았다.

기　가 "아까 말한 대단한 뉴스라는 것은 무엇입니까? 누구의 이야기입니까?"

부　인 "오늘 밤에 막 들은 것인데, 누구 이야기라고 생각해?"

기　가 "몰라요. 그렇게 말해도."

부　인 "기억나? 이번 여름에 기기 씨가 가루이자와에 왔을 때 난조(南條)라는 가정교사가 있었지?"

기　가 "네, 난조 씨요?!"

기가는 조금 그 이름이 그리운 듯 되풀이했다.

부　인 "그 여자가 긴자의 바에 나간다고 하더라고!"

기　가 "웨이트리스로 말입니까?"

부　인 "카운터라는 설도 있지만, 어차피 같은 일 하는 게 아닐까?"

---

52) box seat ; 두 사람씩 마주 보고 앉는 4인석.

기 가 "하지만 그 사람은 그런 타입의 사람이 아닌 것 같던데, 뭔
　　가 말못할 사정으로 급격한 변화가 있었나 보죠."

　기가는 정말 의외라고 생각하면서도 가루이자와에서 본 상쾌하
고 맑은 요염함을 가지고 있는 신코의 모습 전체를 또렷이 떠올리
면서 그렇게 말했다.

부 인 "기가 씨는 주점에 자주 가는 것 같으니 알 거라고 생각했
　　어. 의외로 이쓰로 씨 같은 사람이 어딘가에 소개해 준 게
　　아닌가 생각했어."

기 가 "농담하지 마세요. 저는 꿈에도 몰랐어요."

부 인 "그럼 기가 씨, 그 사람이 어디에 있는지 찾아보시는 게 어
　　때요?"

기 가 "찾아서 어떻게 할 생각이신데요? 다시 가정교사를 시키실
　　생각이신가요?"

부 인 "참 못된 사람이야. 하긴 남자란 아는 여자가 주점 같은 데
　　나가면 무척 흥미를 갖잖아? 그래서 기가 씨도 그녀를 만나
　　서 그녀의 변한 모습을 보는 것도 재미있지 않을까 생각해
　　서 말이야."

기 가 "음."

　기가도 한 번 보았을 때 호감으로 가득 찬 사람이니만큼 부인
이 부추기자 흥미를 느끼지 않을 수 없었다. 그 사람이 부지런히
일하는 주점 모습 등을 상상하면서 물었다. 부인은 당황한 듯 고

개를 갸웃하며 말한다.

기　가 "누구한테서 들으셨습니까? 마에카와 씨에게서?"

부　인 "아니요, 남편한테서 들은 건 아니에요. 아, 그리고 내가 그 여자가 긴자에 있는 것을 알고 있다는 것은 남편에게는 말 하지 말아요. 말하면 절교할 거예요."

기　가 "마에카와 씨도 그 사실을 알면 찾을 것 같아서 그러시는 건 가요?"

부　인 "그 위험도 있고 달리 내가 생각하는 것이 있어. 여하튼 기 가 씨는 그녀의 소재를 좀 파악해 주세요"

부인은 게이코를 수중에 넣은 데다가 기가도 끌어들여 어느 쪽 이든 일의 진상을 한시라도 빨리 알려주기를 기다리고 있었다.

〈6〉

오랫동안의 입맞춤, 그것은 우발적이지도 돌발적이지도 않았 다. 마에카와의 기분은 청년처럼 고양되어 행복과 환희에 펄쩍펄 쩍 뛰어오르고 있었다. 물론 그 이상의 것을 구하고자 하는 마음 이 생기지 않을 정도로 이상주의적인 것이었다. 타고난 온화한 성 격 탓에 불만으로 가득 찬 재미없는 가정생활을 애써 안주하는 것 에 노력을 다하고 있지만, 그 반면 그는 안으로나 밖으로나 인간 다운 색채를 조금씩 잃어가고 있었다. 젊고 순진무구한, 서로 사랑하는 남녀가 최초의 입맞춤에 도취되어 더 이상의 사심이 없는 것처럼……. 마에카와도 폭풍우도 없고 소나기도 없이 마음과 마음이 서로 맞닿아 얻은 신코의 입술에 충분히 만족하며 청년과 같은 환희에 들떠있었다. 가령 인생을 50이라고 한다면 이제 10년도 채 안 남은 마에카와이지만, 연애가 빠진 엽색(漁色)[53]에만 빠져 있는 지기(知己)인 A와 B를 마음속에 상기하면서, '나는 자네들과 조금은 달라!'라고 의기양양한 기분도 마음에서 솟아 올라왔다. 오랜만에 12시경까지 스완에서 보내고 히비야(日比谷)에서 기지도(議事堂)[54] 옆을 차로 달려 지나가면서 마에카와는 몇 년 만에 살아가는 보람이 있다는 즐거움을 느꼈다. 그러나 대부분의 남성들이 그러하듯 경원(敬遠)시하고 혼자 내버려 둔 부인에게 미안한 생각이 들어 한층 더 다정하게 대하겠다고 되도록 밝게 생각하려고 노력했다.

문을 들어가서 정원수가 많이 심어진 곳에서 올려다보니 부인 거실에 엷은 남빛의 커튼 너머로 어슴푸레하게 불이 켜져 있는 것이 보인다. 그가 모자이크 시멘트 바닥에 신을 벗고 있을 때 신기하게도 부인 자신이 계단을 뛰어 내려와서 그를 맞이했다. 마에카와의 명랑한 기분은 그대로 정신없는 미소가 되어 부인을 바라보았다.

---

53) 여자와의 육체적 관계 따위를 지나치게 좋음.

54) 국회의사당.

부　인 "이런, 오늘 기분이 너무 좋아요."

　　부인은 마에카와 턱밑까지 가까이 다가가 신혼부부 아내처럼 그의 입술 언저리의 냄새를 킁킁 맡으며 말했다.

부　인 "술을 드셨군요."
마에카와 "응, 그만둬."

　　다정하게 어깨에 손을 대고 밀어내면서도 오랜만에 부인을 안아 올리고 싶은 생각이 들었다. 그러나 부인은 그의 손을 차갑게 물리치면서 극히 평온한 어조로 말했다.

부　인 "어디에서 드시고 오신 거예요?"
마에카와 "응. 손님을 모시고 접대 좀 했어."
부　인 "오~, 신기하네요."

　　부인은 그의 코앞에서 깔보는 듯이 웃었다. 마에카와는 뿔을 건드린 달팽이처럼 기뻐서 어찌할 바를 모르는 기분으로 재빨리 몸을 움츠리면서도 혹시 '스완'의 성냥 같은 것을 어딘가에 넣고 오지 않았나 하고 다시 바지 주머니에 손을 넣어 확인해 보았다.

마에카와 "춤 모임은 재미있었어?"
부　인 "재미있을 리가 없잖아요."

　　부인은 냉랭한 대답을 하면서 함께 계단을 올라왔다. 마에카와는 한 계단씩 오를 때마다 충격을 받아 술이 깨는 꿈을 꾸는 듯한 기분에 빠져들었다.

〈7〉

계단을 다 오르면 부부의 방이 갈라지는 곳이 나온다. 부인의 방은 왼쪽으로 마에카와의 서재, 거실, 침실은 오른쪽으로 빙 돌아가는 배치였다. 마에카와는 아무렇지도 않은 듯이 부인의 얼굴을 보면서 말했다. 그러나 부인은 그 수에 넘어가지 않고 피식피식 웃으면서, 마에카와 쪽으로 따라갔다.

마에카와 "아, 졸려! 잘 자!"

부　　인 "잠깐만 기다려요. 이야기를 좀 하고 싶어요."

마에카와 "졸리고 피곤하니, 이야기라면 내일 하지."

마에카와가 그 자리를 벗어나려 하자 부인이 막아서며 말했다.

부　　인 "안 돼요. 볼일 이야기가 아닌걸요. 당신 있잖아요, 항상 내가 이야기를 하려고 하면 그럴싸한 이유로 회피하려 하는데요, 나도 가끔은 잡담도 하고 싶다고요. 난 졸리지 않아요. 잠이 올 것 같지도 않으니 잠깐만 이야기 상대를 해 주는 친절도 베풀어 주시면 좋을 것 같은데요?"

마에카와 "하지만 너무 늦었어. 벌써 12시가 넘었잖아."

부　　인 "그건 당신이 늦게 왔기 때문이 아닌가요? 참 짓궂네요."

그렇게 말하면서 부인은 집요하게 마에카와 침실로까지 들어갔다. 마에카와는 내심 섬뜩한 생각이 들면서 소파에 앉은 부인에게 등을 돌리고 넥타이를 풀기 시작했다.

부　인 "저, 있잖아요."

마에카와 "………."

부　인 "항간에서 흔히 이런 식으로 말하지요. 40이 지나 시작된 주
　　　색잡기는 좀처럼 멈출 수가 없다고요! 전 그게 좀 걱정이 되
　　　네요."

　　평소와는 다르게 마누라 같은 말을 꺼내는 바람에 마에카와는
무심결에 피식 웃음이 나왔다.

마에카와 "무슨 말을 꺼내려는가 싶더니 그런 쓸데없는 말을 하는
　　　거야? 날 놀리는 거야?"

　　마에카와가 스스럼없이 물었다.

부　인 "아뇨, 나 진지해요. 왜냐면 요즘 술은 드시질 않나, 이전과
　　　는 달리 귀가가 조금씩 늦어지질 않나……. 게다가 왠지 내
　　　눈에도 갑자기 젊어지신 것 같이 보인다고요. 너무 걱정돼
　　　요. 당신에게 무슨 일이 생긴 게 아닌가 하고."

　　마에카와는 목덜미에 얼음 조각이 떨어진 기분이 들었다. 그러
나 내색하지 않고 시치미를 떼며 물었다.

마에카와 "뭔 이상한 말을 하는 거야? 무슨 일이 생기다니? 무슨 말
　　　이야?"

부　인 "가령 애인이 생겼다든지……."

　　마에카와는 깜짝 놀라서 아무 말을 하지 못했다. 그러나 부인

은 빈틈없는 사람. 히쭉히쭉 웃으면서 계속한다.

부　인 "있는 거 맞죠?"

　부인이 눈짓으로 밀고 들어왔다.

　　〈8〉

　마에카와는 급소에 찔린 것 같았지만 그것이 부인의 억측에 지나지 않는다는 걸 알고는 겨우 안심했다.

마에카와 "그런 농담도 신소리도 안 되는 말은 하는 거 아닙니다. 그런 식으로 말하면 당신도 요즘 갑자기 예뻐졌고 유난히 생기발랄한 것 아닙니까?"

부　인 "그런 맘에도 없는 소리 하지 마세요."

　술을 조금 마셔서 평소보다는 약간 뻔뻔해진 마에카와에게 조금 부아통이 터져 신경질적으로 그 이야기를 그만두고 다른 수를 생각했다. 습관적으로 아무리 늦어도 취침 전에 반드시 이를 닦는 마에카와가 방 안쪽 세면대 쪽으로 걸어가는 뒷모습에 대고, '이봐! 농담은 농담으로 하시고, 가정교사 일로 좀 의논하고 싶은 게 있어요.'라고 말을 하려다 말고 부인은 조금 혀를 내밀고 나서 남편을 뒤쫓아갔다. 사방이 하얗고 작은 타일을 바른 방 안에서 마에카와는 아무 말을 하지 않았다. 부인은 입구에서 들여다보면서 밀어닥쳤다.

부　인 "저기요! 2학기가 시작되고 나서 벌써 시간이 상당히 지났잖
　　　아요? 역시 집에서 공부를 봐 주는 것이 좋을 것 같아요. 그
　　　래서 여러모로 찾고 있는데 적당한 사람이 좀처럼 없어요.
　　　당신이 뭔가 알만한 데는 없나요?"

　마에카와는 부인 때문에 그 작은 방에 틀어박혀 있어야 하는
것이 어쩐지 기분이 나쁘다는 듯 칫솔 소리와 물소리로 자신은 지
금 대답을 할 수 없다는 뜻을 나타내고 있었다.

부　인 "저기요! 왜 말을 안 하고 있는 거예요?"

　부인은 맨발로 두세 걸음 들어가 남편의 얼굴을 일부러 요리조
리 살폈다.

부　인 "아, 양치질하고 있었네. 그럼 기다리고 있을게요. 진지하게
　　　의논하고 싶은 일이 있어요."

　마에카와가 양치질을 다 마치기를 기다렸다가 갑자기 말했다.

부　인 "아, 있잖아, 신코 씨!"
마에카와 "뭐라고?"

　마에카와가 당황하며 되묻자 부인은 남편의 얼굴을 뚫어지게
쳐다보면서도 평상심을 유지하며 말했다.

부　인 "어때요? 난 신코 씨에게 다시 한번 집에 와 달라고 부탁하
　　　면 좋겠는데. 있잖아요. 바로 당신도 무척 아끼고 편을 들어
　　　주었던……."

부인의 목소리는 들먹들먹 마음이 들떠서 신이 난 듯했다. 마에카와는 완전히 부인에게 농락당하고 있었다.

마에카와 "그런데 당신, 그 사람을 왜 다시 불러들이려는 거야?"

부인의 갑작스런 말에 마에카와는 거울에 비친 자기 얼굴에 대고 엉겁결에 소리를 내며 중얼거렸다.

〈9〉

부　인 "왜냐면 말이야."

부인의 목소리는 극히 부드러운 여운을 띠고 있었다.

부　인 "내가 열심히 찾아봤는데 결국 난조 씨만큼 좋은 사람은 없는 듯해서요."

마에카와는 부인의 표정을 엿보고 싶어져서 엉겁결에 화장실에서 나오려고 했다. 그러다가 다시 들어가 손끝을 싹싹 씻기 시작했다.

부　인 "게다가 아이들도 가끔 떠올리며 보고 싶어 하는 것 같기도 하고, 당신만 좋다면 난 내일이라도 편지를 보내서 그 사람에게 와 달라고 부탁하고 싶어요. 당신 숙소 알고 있지요? 당신이 모르면 미치코(路子) 씨에게 물어봐도 되고요."

마에카와는 부인의 한 마디 한 마디에 유도 신문을 하는 형사

심리처럼 심술궂은 계략이 숨겨져 있는 것 같았다. 아무리 일반적인 질문과 대답이라 하더라도 방심해서는 안 된다고 생각했다. 신코의 현재 상황을 아는지 모르는지, 자신과 신코 관계를 탐지해 낸 것은 아닌지……. 마에카와는 취기도 전부 날아가 버려서 평소 술이 깬 후보다 한결 맑은 머릿속에서 그도 부인의 심중을 헤아리기 위한 작전을 생각해야만 했다.

부　인 "저기요, 당신도 이의가 없으신 거죠? 그 사람에게 다시 한 번 와 달라고 부탁하는 것……."

'제정신으로 말하는 건가?' 마에카와는 문득 생각했다. 그러나 항상 말과 속이 다른 무서운 사람이다. 그는 조금 초조해지기 시작했다.

부　인 "안 그래요?"

마에카와 "나는 찬성하지 않아."

부인은 집요했지만, 마에카와는 일단은 받아넘겼다.

부　인 "어머! 어째서요? 당신 전에는 무척 그 사람 역성을 들었었잖아요?"

마에카와 "………."

마에카와는 대답하기 곤란하여 다시 손을 씻는 시늉을 했다.

부　인 "당신, 언제까지 얼굴과 손을 씻고 있을 거야?"

마에카와 "음."

　　자기 딴에는 냉정한 체했지만 자기도 모르게 평정심을 잃고 말았다고 마에카와는 후회하면서, 아무렇지도 않게 넌지시, 그로서는 어느 정도 거만한 태도로 화장실에서 나왔다.

부　　인 "있잖아? 그 사람한테 와 달라고 부탁하고 싶어. 편지를 보내도 되지요?"

마에카와 "한 번 그만두게 한 사람에게 다시 와 달라고 하는 것은 좀 그렇지 않아? 그것보다도 고등사범(高等師範)55) 학생이나 뭐 사람 중에서 적당한 사람은 얼마든지 있을걸?"

　　마에카와는 한 단어 한 단어에 신경을 쓰며 연극 대사라도 말하는 듯이 조용히 말하면서 부인의 눈을 살피듯 똑바로 시선을 마주했다.

부　　인 "그래서 그만두게 한 것은 내가 경솔했던 것 같아서 제가 그분과 만나서 깨끗하게 사과하고 싶어서요. 하지만 이상하네요. 당신이 반대를 하다니요. 호호호호."

　　부인은 마에카와의 당황한 사정을 마치 알고 있기라도 하는 듯 기분 좋게 웃었다.

---

55) 구제도에서 중학교·고등여학교·사범학교의 남성 교원을 양성한 국립학교.

〈 10 〉

　마에카와는 웃는 부인의 눈 속에서 사악한 즐거움의 그림자를
본 것 같았다. 뭔가 신코에 관해 누군가에게 들은 것이 분명하다.
그러자 오늘 밤 입맞춤의 감격이 흔적도 없이 사라졌다. 마에카와
는 당황하지 않을 수 없었다.

부　인 "하지만 그분은 아직 직업을 못 구해서 곤란을 겪고 있는 건
　　　아닐까요? 만일 그렇다면 난 더더욱 다시 불러들여야 한다
　　　고 생각해요."

　부인은 진심인 듯 눈을 번쩍였다. 그러나 마에카와는 쉽게 움
직이지 않았다.

마에카와 "나는 아무튼 찬성하지 않아. 다른 사람을 구하는 게 좋을
　　　것 같아."

　괜히 긁어 부스럼이 되어서는 안 된다. 마에카와는 간단히 말
했다.

부　인 "그러나 왜 신코 씨를 다시 부르면 안 되는 건가요?"

마에카와 "어떤 확실한 이유는 없어. 있을 리가 없잖아? 게다가 한
　　　번 당신과 감정의 충돌을 한 사람을 왜 또 부르려고 하는 건
　　　데? 당신은."

부　인 "왜냐면 그건 내가 나쁘다고 생각해서 사과하고 싶어서요."

마에카와 "그러나 사과를 받고 온다 한들 그 사람도 좋은 기분은 안

들 테고, 당신도 분명 왠지 모르게 그것에 구애받을 수도 있
을 테고……."

부　인 "당신 이상해. 정말 이상해요. 당신이 반대하다니 참 묘하네
　　　요."

　　부인은 마에카와의 코앞에서 살짝 웃으면서 중얼거리듯 말했
다. 묘하다는 말을 들으니 묘한 것임에 틀림없다고 생각하자, 마
에카와는 더욱더 불쾌해져서 입을 다물었다. 그렇다고 해도 한발
을 들면 그 한 발에, 다른 발을 들면 그 다른 발에 끈끈이처럼 달
라붙어 사람을 궁지에 몰아 떨어뜨리고는 그것을 보고 기뻐하는
부인의 성격이 새삼 밉살스럽게 느껴져서 견딜 수 없었다.

부　인 "그럼 내가 미치코 씨와 의논해서 아무튼 신코 씨의 의중을
　　　물어봐 달라고 부탁해 볼게요. 그쪽에서 오고 싶다고 하면
　　　당시도 이의가 없는 거죠?"

마에카와 "그만둬!"

　　마에카와는 자기도 모르게 짜증이 나서 여느 때와 달리 험악한
소리를 내고 말았다.

부　인 "어머! 그렇게까지 반대하는 거예요? 아, 알았어요. 혹시 신
　　　코 씨가 오면 당신이 뭔가 지장이 있으신 거예요?"

마에카와 "그런 게 있을 리가 없잖아?"

　　마에카와는 당황하며 부정했다. 부인은 아까부터 마에카와의

모든 표정과 동작을 전부 간파한 듯 일단 오늘 밤은 이것으로 충분하다, 너무 집요하게 책망하면 오히려 마에카와가 틀림없이 경계할 것이라는 생각에 입 밖으로 내려 했던 수표장에 관한 이야기는 하지 않기로 했다.

부인 "그래요? 그럼 나도 다시 한번 잘 생각해 볼게요. 그런데 신코라는 사람, 나중에 생각해 보니 참 좋은 사람 같아서요."

　마에카와에게는 완전히 수수께끼와 같은 말만을 남기고 아무 말 없이 방을 나갔다.

적인가 아군인가
敵か味方か

〈1〉

　지금까지 집안에서 일하는 할멈 다음으로 일찍 일어났던 신코는 계속되는 철야로 그만 늦잠꾸러기가 되어 요즘은 11시 넘어서까지 자도 여전히 머리가 무거운 느낌이 남아 있었다. 여자답게 손이 많이 가고, 일 처리를 잘 못하는 어머니와 칠칠맞은 게이코와 미와코, 게다가 가장 중요한 역할을 하는 신코마저 늦잠을 자 버리니 집안은 항상 어수선했다. 신코도 12시가 지나 일어나니 아침 식사가 너무나도 맛이 없었다. 따분한 기분으로 식탁에서 조간을 펼치자 라디오의 오후 연예프로그램이 오늘은 신협(新協) 방송이었다. 신코는 시계를 올려다보며 스위치를 넣었다. 베토벤의 교향곡 제5번이 순식간에 온 집안으로 흘러나왔다. 미사와(美沢)의 집에서도 자주 레코드로 들은 친숙한 곡이고 게다가 혼연일체의 현악기의, 그중에서 하나의 바이올린이 미사와의 손으로 연주되고 있다고 생각하자 신코는 꼼짝없이 멍하니 도취되어 듣고 있었다. 10월 중엽, 미사와가 이 무렵이 되면 항상 신경쇠약이 되는 계절이라고 해서 싫어했던 일을 떠올렸다. "올해는 나를 청산하고 미와코도 정리된 것 같으니 오히려 격렬한 색채로 예술에 정진하고 계실 테지만, 나는 ……."이라고 생각하면서 신코는 뭔가 부끄러움으로 온몸이 뜨거워졌다. 「커다란 은혜에 대해서는 감사함을 표현하지 않는다. 즉 고마워서 감사의 말을 찾을 수 없다.」는 말이 있다. 신코는 지금처럼 되면 마에카와에게 감사하다는 인사를 하는 것조차 너무 빤히 속이 들여다보일 정도로 너무 많은 신세를 져서 새로운 호의를 거절하는 것이 이상할 정도로 익숙해지고 말았다. 주점은 성공적이어서 하룻밤 매상이 적을 때도 50엔, 많으면 100엔에 달한다. 게다가 가게가 안정될 때까지의 비용이라는 명목으로 개점 당시 마에카와로부터 300엔 정도 받았다. 샌들을 사거나 좋아하는 오비도메56)를 사거나 드론워크57)로 짠 삼베 손수건을 반 다스(6개) 정도 샀다. 형태가 딱 맞는 버선을 사보거나 하는 실용적이지 않은 소비 형태가 여성에게는 이상한 매력을 지닌 쾌락과 같았다. 이런 상태에서는 격렬한 연모도 없고 아양을 떨 기분도 느끼지 못한 채 이런 생활을 부여해 준 마에카와의 애무를 기다리게 될 것이다. 실제로 어젯밤은 연애에 가까운 정열로 마에카와의 애무를 기다린 자신이 아니었던가! 이대로 진행된다면 결국 자신의 모든 것을 바쳐 한 포기의 응달의 꽃, 패트런58)과

---

56) 帯止め ; 일본 여자 옷에서 양 끝을 장식으로 물리는 끈 또는 그 끈에 꿰어 띠의 정면에 다는 장식품.

57) drawn work ; 천의 씨실이나 날실을 뽑은 뒤 그 자리에 여러 가지 무늬를 넣는 서양 자수.

58) patron ; (경제적인) 후원자.

애인 관계로 청춘의 나날을 허비해버리고 마는 것은 아닐까? 신코는 음악을 듣고 있는 사이에 점점 기분이 울적해져서 갓 달인 향기로운 차의 맛도 향기도 날아가 버리고 말았다.

2층에서 요즘 매일 연습으로 밤을 새우던 게이코가 칠칠치 못한 잠옷 차림으로 내려와서 신코와 마주 앉아 하품을 하며 털썩 앉았다.

〈2〉

신　코 "어젯밤은 나보다도 늦게 왔지?"

신코는 자신도 위로받고 싶은 심정에서 언니에게 상냥하게 말했다.

게이코 "응. 어젯밤은 다른 사람들 사정으로 10시부터 연습을 했어. 표는 팔아야 하는데 큰일 났어."

언니는 신코의 기분 같은 것은 신경 쓰지 않고 자기 말만 하고, "미와코는 없나?"라고 물었다.

신　코 "몰라. 잠깐 나간 거 아냐?"

게이코 "담배를 사야 한다고 했는데."

신　코 "그런 건 할멈에게 사달라고 하면 되잖아?"

게이코 "미와코, 이제 주점 돕는 거 안 한다면서?"

신　코 "벌써 그런 말을 언니한테 했어?"

　　어젯밤의 실랑이를 그새 언니에게 일러바쳤다고 생각하자 신코
는 입이 가벼운 미와코에 대해 화가 치밀었다.

게이코 "어젯밤에 내가 돌아왔더니 아직 그 애가 안 자고 아래에서
　　　　시끄럽게 떠들어 대고 있더라고."

신　코 "그래? 전혀 몰랐네."

게이코 "나, 미와코한테서 너네 주점에 관해 여러 가지 얘기를 들었
　　　　거든. 미와코에게 오는 손님도 무척 많다면서?"

신　코 "……."

　　신코는 불쾌해져서 별로 말하고 싶지 않았다.

게이코 "그리고 신코, 너 요즘 거짓말을 자주 하는 것 같던데?"

신　코 "왜……?"

게이코 "마에카와 씨가 관계하는 주점에서 일한다는 것, 사실은 마
　　　　에카와 씨가 너를 위해 차려 준 가게라는 소리가 있던데?"

　　신코는 깜짝 놀라 언니의 얼굴을 올려다보았다.

게이코 "숨기면 서운할 것 같은데."

신　코 "무슨 말을 하는 거야? 미와코 같은 어린아이가 뭘 알아?"

게이코 "그 애, 저래 봬도 어린아이 아냐. 그런 것에 관해서는 우리
　　　　보다도 훨씬 눈치가 빠르다고. 난 미와코가 한 말을 믿어."

신　코 "사실은……, 그 가게 누구 것인지 나도 몰라. 그냥 마에카와
　　　　씨가 경영해 달라고 해서 내가 떠맡았을 뿐이야. 나는 거기

서 일하고 있는 거라 생각하고 있고."

게이코 "하지만 네 방도 있고 전화도 있고 제법 멋지다던데? 나도
　　　　고이케(小池) 씨 같은 사람 데리고 가도 돼?"

신　코 "그렇게 해. 오세요. 환영합니다!"

　　　신코도 기호지세[59]의 성격인 탓에 다소 자포자기한 심정으로
말했다.

게이코 "이번 공연의 포스터가 어제 만들어졌으니 가게에 걸어 놓
　　　　아 줄 수 있어? 그리고 손님들에게 표가 안 팔리려나? 저기
　　　　있잖아, 30매 정도만 팔아 주지 않을래?"

　　　게이코는 야속한 표정으로 말했다.

신　코 "알았어."

　　　신코는 망연한 표정으로 따분하게 대답했다. 그러자 게이코는
갑자기 히쭉히쭉하면서 물었다.

게이코 "너, 근데. 도대체 마에카와 씨와는 어떤 관계야?"

　　　　　　〈3〉

　　　언니의 노골적이고 단적인 질문에 신코도 숨통이 탁 막혔지만
당황해서는 안 된다고 마음을 진정시켰다.

---

59) 騎虎之勢 ; 중도에서 그만둘 수 없는 형세.

신 　코 "왜 그런 걸 묻는 거야?"

게이코 "왜냐면 마에카와 씨가 너에 대한 친절이 과도한 것 같아서."

신 　코 "그건 첫 대면인 언니한테도 지나친 후원을 하셨던 분이잖
　　　아."

　　신코도 지지 않고 반박했다.

게이코 "하긴 그렇긴 하네."

　　게이코는 고분고분 끄덕이고 나서는 궁금한 듯 말한다.

게이코 "그런데 미와코 이야기로는 마에카와 씨가 2층 네 방에 올라
　　　가서는 한 시간, 두 시간이나 내려오지 않는다고 하던데? 그
　　　래서 난 걱정이 되어서 물어보는 거야."

　　또다시 미와코의 고자질에 신코는 발끈 화를 내면서 말했다.

신 　코 "그건 말이야, 가게 경영이나 매상 등의 이야기도 있잖아?"

　　그렇게 대답하면서도 신코는 분해서 눈물이 나올 것 같았다.

게이코 "알았어. 그러면 됐어. 나도 네가 세상에 흔히 있는 것처럼
　　　마에카와 씨를 안 좋은 의미의 후원자로 삼고 있다고는 생
　　　각하고 싶지 않아. 그런 짓을 하면 마에카와 씨 부인에게도
　　　미안한 일이라 생각하고……."

신 　코 "……."

　　결코 호의적이라고는 생각하지 않은 마에카와 부인 이름까지

들먹이며 무자비하게 비난하는 언니 때문에 신코는 가슴이 탁 막혀서 말을 잇지 못했다. 그러자 게이코는 히쭉거리며 말했다.

게이코 "하지만 아무런 관계도 없는데 일을 하고 있는 거라면 너도 참 대단하네. 난 믿음직스러운 여동생이 있어서 마음이 든든해."

신 코 "언니 지금 그 말은 무슨 뜻이야?"

신코는 듣고서 그냥 넘길 수 없어서 되물었다.

게이코 "무슨 뜻이냐니? 만일 그렇다면 굉장한 거잖아. 마에카와 씨를 이렇게 잡아놓았다니 말이야."

게이코가 웃으면서 공기를 잡는 듯한 손짓을 해 보였다. 신코는 속이 부글거렸다.

신 코 "언니는 그런 생각으로 내가 하는 것을 보고 있는 거야?"

신코는 매서운 눈초리로 언니를 노려보았다.

게이코 "왜냐면 말이야. 보통 그렇지 않나? 몸도 허락하지 않고 상대에게 그만한 일을 시키는 것은 굉장한 거잖아. 나 같은 건 죽었다 깨어나도 못할 일이야."

신 코 "언니는 바보 천치야."

신코는 더 이상 참을 수 없어 불끈하여 언니에게 소리쳤다.

게이코 "어머! 잘도 알고 있네. 난 어차피 바보야. 신코는 아주 영리

한 사람이고. <u>오호호호호</u>."

아주 가소롭다는 듯이 웃음을 터뜨렸다.

신 코 "언니가 좀 더 집안일을 돌보았더라면 난 주점 같은 덴 안
　　　나갔을 거야."

게이코 "미안해. 하지만 난 연극 외에는 아무것도 모르잖아. 미안
　　　해."

그렇게 말하고는 신코의 날카로운 공격을 피하려는 듯 쿵쿵거
리며 2층으로 도망쳐 올라갔다.

　　〈4〉

언니와 싸워서 찜찜한 기분으로 가게에 나왔는데, 다에코(妙
子)라는 작고 아담하고 귀여운 얼굴의 웨이트리스가 풍성한 검은
머리를 싹뚝 자른, 완전 다른 뒷모습으로 수반의 물을 갈고 있었
다. 신코가 놀라서 말했다.

신 코 "어머. 아까운 머리를 잘랐네."

하며 눈을 크게 뜨고 다가가니 화장도 달라진 얼굴로 부끄러워
하며 말했다.

다에코 "하지만 이쪽이 편리한걸요."

신 코 "잘 어울리니까 좋네."

174

꽤 여학생다운 발랄한 정취가 나서 잘 어울렸다. 그런저런 일로 신코의 우울한 기분도 풀어져 방으로 잠깐 올라갔다가 곧바로 아래층으로 내려와서 웨이트리스들과 잠시 이야기를 나눈 뒤, 요시코의 트럼프를 빌려 혼자 구석 쪽 테이블에서 페이션스[60]로 그 날의 운세를 점치기 시작했다. 이런 물장사를 시작해 보니 신코도 어느 틈엔가 미신을 좋아하는 사람이 되었다. 자기가 육백성(六白星)[61]이니, 칠적(七赤)[62], 팔백(八白)[63], 이흑(二黑)[64] 날은 길(吉)이고, 구자(九紫)[65], 삼벽(三碧)[66], 사록(四綠)[67]의 날은 흉(凶)이라는 식으로 조간의 구성을 걱정하거나 카드 페이션스(patience)가 한 번에 척 다 모이면 길. 다 모여도 스페이드라면 흉(凶), 다 모이지 않을 때는 대흉(大凶) 등과 같이 혼자서 그날 손님 수를 점쳐 보는 습관이 생겼다. 트럼프는 운 좋게 다 모인 것 같은데 도중에 막혀서 결국 잘 이루어지지 않았다. 선뜻 단념하지 못하고 카드를 섞고 있자, 요시코의 인사가 들렸다. 신코는 특별한 이유도 없이 그냥 일어나서 칸막이 뒤에 살짝 몸을 숨기고

---

60) patience ; 혼자서 하는 트럼프 놀이.

61) 육백, 구요성(九曜星)의 하나.

62) 음양도에 말하는 금성. 방위는 서쪽.

63) 구성(九星)의 하나로 오행에서는 토에 속하고 방위는 동북.

64) 구성(九星)의 하나로 별은 토성이고 방위는 남서.

65) 구성(九星)의 하나로 별은 화성.

66) 구성(九星)의 하나로 목성을 가리키며, 방위는 동쪽.

67) 구성(九星)의 하나로 목성에 해당하며 방위는 동남.

손님을 바라보았다. 손님은 달랑 혼자인데 멋쩍은 듯이 방안을 둘러보며 좀처럼 자리에 앉지 않았다.

요시코 "어서 오십시오."

손　님 "자네들 두 사람뿐이야?"

요시코에게 말을 거는 목소리를 듣고 신코는 깜짝 놀랐다. 가루이자와에서 마에카와 부인의 놀이 상대로 알게 된 기가(木賀) 자작이 아닌가? 손님이 한 발을 내딛으면 바로 얼굴이 보이는 칸막이 뒤인 탓에 신코는 갑자기 오싹해졌다.

기　가 "차분하고 좋은 주점이네~."

손님은 제멋대로 방 전체를 둘러보고 있었고 요시코도 머뭇머뭇하고 있을 뿐이었다. 상대는 마에카와 씨와 그다지 친한 사이도 아니고 부인의 친구이다 보니 얼굴을 안 보이는게 좋겠다고 생각하여, 기가가 자리에 앉아 담배를 꺼내 고개를 숙인 짧은 시간에 그 틈을 이용하여 '휙' 하고 칸막이 뒤에서 바·스탠드 옆을 빠져나가 2층 거실로 뛰어올라갔다. 그러나 얼마 지나지 않아 요시코가 쫓아와 문 앞에서 말했다.

요시코 "있잖아요, 그분이 마담을 아시는 분 같아요. 만나고 싶다고 하시는데요?"

〈5〉

기가 같은 사람은 지금과 같은 상황에서는 가장 안 왔으면 하는 인물이었다. 차라리 강경히 버텨서 만나지 말까도 생각했지만 만일 우연히 온 것이라고 한다면 만나지 않는 것이 오히려 마에카와 부인에게 곧바로 보고될 것이 뻔하다. 신코는 가슴이 두근거리며 얼굴이 붉어진채로 간신히 아래로 내려왔다.

기가 "어! 오랜만이에요."

기가는 의외로 소탈하게 상냥한 어조로 인사하자 신코가 마주 앉으며 살피듯이 물었다.

신 코 "오랜만이에요. 누구한테서 들으셨나요?"

기 가 "아뇨, 아무한테서도 듣지 않았어요."

기가는 유쾌한 듯이 고개를 가로저었다.

신 코 "그런데 제가 여기에 있는 것을 어떻게 아셨어요?"

기 가 "그야 다 아는 방법이 있지요."

기가는 아무렇지도 않은 듯이 말했다.

신 코 "하지만 어떻게요?"

신코가 불안한 표정을 솔직하게 다 드러내며 말했다.

기 가 "이런 곳에 새 주점을 내면 금방 제가 알 수 있어요."

신 코 "그런데 제가 있다는 것을 어떻게 아셨어요?"

기 가 "그건 제 육감입니다."

기가는 마침내 아무 일도 없었다는 듯 웃었다. 신코도 웃으면서 말한다.

신 코 "무서운 육감이네요. 저는 기가 씨가 들어오신 것을 보고 깜짝 놀랐어요."

신코의 기분은 다소 가라앉은 듯했다.

기 가 "아무리 깜짝 놀랐어도 그렇게 씩씩하게 도망가지 않으셔도 되는데……. 그것으로 당신이라는 것을 확신했지요."

신 코 "어머나! 씩씩하게 라구요?"

묘한 비유에 신코도 웃었다.

기 가 "당신이 긴자에 왔다는 소문은 들었어요. 그 이후 당신을 계속 찾고 있었어요. 그리고 여기일 거라고 지목한 것은 내 직감이었어요."

신 코 "제가 긴자에 나왔다는 소문은 누구한테서 들으셨어요?"

신코는 또다시 불안해졌다.

기 가 "그것은 당신의 육감에 맡기겠어요. 아마 들어맞을 겁니다."

신 코 "어머나! 혹시?"

'마에카와 씨에게 말인가요? 그렇지 않으면 부인한테서요?'라고 되물으려고 했지만, 그것은 상대가 마에카와와 자기의 관계를 모를 경우, 자칫 긁어 부스럼이 될 수도 있기 때문에 신코는 목구멍까지 나왔던 말을 애써 참았다.

기　가 "여하튼 신코 씨가 주점의 마담이 된 것은 대찬성입니다. 로맨틱해서 좋네요. 저는 가루이자와에서 신코 씨와 이야기를 나누었던 운치를 잊을 수 없어요. 칵테일, 센 걸로 부탁해요. 어디 한번 신코 씨 가게의 바텐더 솜씨를 좀 볼까요?"

　기가는 신코의 마음의 일말의 불안은 상관없다는 듯 실없는 미소만 지었다. 신코도 싸늘한 기분이 아직 마음에 남아 있기는 했지만, 여하튼 활달한 젊은이에 대한 자연스럽고 거리낌 없는 기분으로 일어나서 바텐더 쪽으로 걸어갔다.

　　〈6〉

　은쟁반 위에 땅콩과 칵테일을 얹어 가지고 갔다.

기　가 "당신은 안 마셔요?"

신　코 "못 마셔요."

기　가 "그럼 재미없지!"

　기가는 술을 좋아하는 듯 입술을 가늘게 펴고 술잔을 핥듯이 음미했다.

기　가 "이거 정말 대단하네요. 이렇게 훌륭한 바텐더를 어디에서 구하셨습니까? 가게 장식도 그렇고, 이 가게의 고문은 도대

　체 누구입니까?"

　기가에게 악의는 없는 듯했지만 조금 히죽히죽 웃으면서 물었
다.

신　코 "글쎄요? 누구일까요?"

　신코는 쓴웃음을 지으면서 얼버무렸다.

기　가 "의외로 마에카와 씨 같은 사람이 아닐까? 그 선생님, 그래
　　　봬도 꽤 양주에 정통한 분이니까. 어때요? 맞지 않습니까?"

신　코 "그런 건 전 잘 몰라요."

　신코에게 부정할 만큼의 용기는 없었다.

기　가 "나는 이미 당신이 결혼해 버리신 게 아닌가 생각했어요. 가
　　　루이자와에서 바로 이 사람이라고 생각되는 사람이 아니면
　　　안 된다고 기염을 토하셨던 것 같은데 그런 사람을 아직 못
　　　찾았습니까? 그런 사람이 잘 안 보여서 도중에서 살짝 한눈
　　　을 파시는 건가요?

신　코 "아, 글쎄요……?"

기　가 "혹시 뜻밖에 찾으신 겁니까?"

신　코 "그건 상상에 맡기겠어요."

기　가 "이거 참, 사람 난처하게 만드시네요. 난조 씨도 사람이 좀
　　　나빠지셨네요. 그럼 찾은 것으로 생각해도 되겠습니까?"

신　코 "오호호호……"

기　가 "의외로 마에카와 씨 같은 사람이 아닐까요?"

　신코는 얼굴이 빨개졌다.

신　코 "어머나! 아니에요. 그런 식으로 생각하시면 곤란해요."

기　가 "그럼 마에카와 씨는 이 가게에는 안 오시나요?"

　기가는 웃으면서도 예리했다.

신　코 "그야 가끔 오시지요. 하지만 이것과 그것은 다르다고 생각
　　　하는데요?"

기　가 "물론 다르지요. 설령 마에카와 씨가 신코 씨를 후원하고 있
　　　다고 해도 저는 조금도 이상하게 생각하지 않아요. 마에카
　　　와 씨는 신사인 데다가 대단한 여성 존중주의자, 페미니스트
　　　이시며, 정말 깨끗한 분이라고 생각합니다. 그러나 그러니만
　　　큼 신코 씨가 언젠가 마에카와 씨를 '이 사람이다!' 하고 생
　　　각할지도 모를 것 같아서요. 거기에 위험이 있다는 거예요."

　신코는 상대가 딱 알아맞혔는데도 기를 쓰고 수긍하지 않았다.

신　코 "어마! 그렇게 마음대로 상상하시는 거 아니에요. 마치 제가
　　　마에카와 씨의 신세라도 지고 있는 것처럼 말씀하시네요?"

기　가 "아뇨, 저만 그렇게 생각하는 것은 아니에요."

　기가의 말은 여전히 명랑했지만, 신코는 '쿵'하며 정신이 번쩍
들었다. 역시 기가가 마에카와 부인의 스파이라는 생각이 들기 시
작했다.

〈7〉

신코가 갑자기 진지해졌다.

신　코 "만일 그런 오해를 하시는 분이 있으시면 기가 씨가 잘 변호
　　　해 주세요."

기　가 "그건 부탁하지 않아도 물론 그렇게 할 겁니다. 그러나 마에
　　　카와 씨가 이 가게에 가끔 온다면 하면 그렇게 오해 살 위험
　　　은 충분히 있다고 생각해요. 특히 그 폭탄 같은 부인에게는
　　　말할 것도 없고요."

신　코 "네! 뭐라고요?"

　　　신코는 무슨 말인지를 전혀 알아차리지 못했다.

기　가 "아니, 바로 그 마에카와 부인 말이에요. 그 사람은 신코 씨
　　　도 알다시피 질투라는 점에서는 마치 사냥개처럼 민감하니
　　　까요. 수상하다고 생각되면 어떤 수단도 취할 거예요. 그 사
　　　람은 저 같은 사람도 신코 씨에 대한 스파이로 이용하려고
　　　하니까요. 이렇게 저는 스파이 역할을 맡은 사람으로 오랜
　　　만에 신코 씨를 만나러 온 거고요."

신　코 "그럼, 부인은 제가 여기에 있는 것을 아시나요?"

　　　신코의 얼굴이 새파랗게 변했다.

기　가 "아뇨, 확실히는 몰라요. 하지만 신코 씨가 긴자의 어떤 주
　　　점에 있다는 것은 알고 있는 것 같아요."

　　신코는 그것을 듣고는 자신의 다소 안정된 생활이 기우뚱거리
며 흔들릴지도 모를 것 같다는 생각이 들었다.

신　코 "누군가가 그런 말을 한 거겠죠."

　　신코는 왠지 모르게 원망스럽다는 표정이었다.

기　가 "그게 누구일까요? 그래도 제가 온 것은 안심하셔도 돼요.
　　　 저는 부인의 스파이 역할을 하는 것보다도 필요에 따라서는
　　　 당신을 위해 어떤 일을 계획하기도 할 거니까요."

신　코 "……."

　　신코는 기가의 변함없는 쾌활한 장단을 따라갈 수가 없었다.
기가도 다소 진지해진 표정으로 말했다.

기　가 "당신을 위해 어떤 일을 계획하려면, 마에카와 씨와 전혀 관
　　　 계가 없다고 하면 별개일 수도 있겠지만, 만일 어떤 의미에
　　　 서라도 관계가 있다면 마에카와 씨는 당분간 여기에 안 오
　　　 시는 게 좋을 듯합니다만……. 그렇지 않으면 그 부인이 그
　　　 일로 여간 시끄럽게 굴지 않을 거예요. 막상 일이 터지면 정
　　　 말 무섭거든요. 무슨 짓을 할지 모르는 사람이니까요."

　　그것은 기가가 말한 대로였다. 불과 한 달 정도의 행복한 지평
선에 순식간에 검고 짙은 구름이 일어 하늘을 뒤덮고 있는 것을
느꼈다. 신코는 고개를 숙인 채 말이 없었다.

기　가 "저는 당신을 위해 부인의 동정을 살피겠어요. 필요하다면

때때로 보고 드리겠습니다. 이 성냥에 전화번호가 적혀 있
군요."

그러고는 '바 스완'이라고 이름이 새겨진 성냥을 한 갑 주머니
안에 넣었다. 지금 와서 기가가 한 말에 대해 마에카와와 아무런
관계가 없다고 항변하는 것도 어리석은 짓이다. 그렇다고 해서 기
가에게 '부디 잘 부탁한다.'고 의뢰할 마음도 없었다. 기가는 신코
의 기분을 충분히 헤아린 듯 말했다.

기　가 "너무 끙끙대며 걱정하시지 않아도 괜찮지 않을까요? 조금
　　　만 주의를 하면 당신이 이 가게에 있는 것도 쉽게 알 수는
　　　없을 거예요."

기가가 시원시원하게 말해 주었지만, 신코 마음의 묵직하게 괴
인 덩어리를 어떻게 할 수는 없었다.

안내인
案內者

〈1〉

단발머리가 흘러내리지 않도록 수건으로 꽉 동여매고 화장을 하는 미와코의 피부는 진줏빛으로 광이 나는 듯했다.

게이코 "뭐야? 아침 목욕을 하고 온 거야? 그럼 미와코, 겨우 하루만 참다가 오늘 다시 신코 가게에 도와주러 갈 생각인 거야?"

미와코 "아니!"

게이코의 물음에 미와코는 눈에 기묘한 색을 띄우며 건방지게 웃으며 고개를 가로저었다.

게이코 "그럼 어디 밖에 나가려고?"

미와코 "안 나가는데?"

게이코 "그럼 왜 그렇게 치장을 하는 거야?"

미와코 "특별히 갈 데는 없어. 그래도 길을 걷고 있다가 어떤 사람을 만났을 때 상대를 조금 분하게 만들 만한 화장을 하는 거야. 이것을 차인 여자의 화장이라고 하는 거야."

게이코 "무슨 소리를 하는 거야?"

　게이코는 미와코의 심리 같은 것을 전혀 알 수 없었다. 미와코는 진지한 표정으로 거울 속의 자신을 빤히 들여다보면서 말려 올라간 속눈썹 하나하나에 메이블린(Maybelline)의 마스카라를 바르고 있었다. 솔로 칠한 볼연지를 탈지면으로 다시 약간 밝게 닦아 내고 윗입술의 진한 립스틱을 아랫입술로 옮겨서 유성크림으로 번쩍이게 만들었다. 게이코도 마음이 끌려서 거울 속의 미와코의 얼굴을 가만히 움직이지 않고 바라다보고 있었다. 얼마 안 있어 알코올로 데운 인두를 집어 들고 이마 위에 난 머리카락을 발처럼 곱슬곱슬하게 만들며 말했다.

미와코 "어때? 클로데트 콜베르[68]의 클레오파트라 같지 않아? 예쁘네~, 정말 예쁘다!"

　미와코가 혼자서 은근히 기뻐하기 시작했다.

게이코 "어떨까 싶네? 기껏해야 소녀 가극의 클레오파트라 정도가 아닐까? 너 같은 사람을 '베이비(baby) 에로[69]'라고 하는 것일까?"

미와코 "으응. 요즘은 '치비[꼬마]·에로'라고 한대. 하지만 예쁜 것은 언니도 인정하는 거지?"

게이코 "네가 잘난 체하지 않는다면 말이야. 하지만 너 같은 화장은 화장의 범위를 뛰어넘고 있어. 도깨비 화장 같아."

---

68) Claudette Colbert; 여배우.
69) 에로틱(erotic).

미와코 "하지만 네온사인의 거리를 걸으려면 나 같이 화장하지 않
　　　　으면 자극이 없다고 하던걸? 요전에 잡지에서 그런 기사를
　　　　읽은 것 같아."

게이코 "미와코! 어디도 나갈 데가 없으면 나 좀 도와주러 오지 않
　　　　을래? 내가 신코는 아니니까 급료 같은 건 못 주지만."

미와코 "그래, 가 줄까? 나 오늘부터 매일 한 번씩 긴자를 걷기로 했
　　　　어. 그러니 마침 잘 됐어. 나, 긴자에서 만나면 좀 따지고 싶
　　　　은 사람이 좀 있어."

게이코 "실없는 소리 하고 있네. 갈 거면 지금 같이 나갈 거니까 빨
　　　　리 옷 입어."

미와코 "네. 알았어요. 나도 언니처럼 무대에 서 볼까?"

　　　미와코는 일어나면서 물었다.

게이코 "안 돼! 너처럼 정신적 음영이 없는 사람은 안 돼!"

미와코 "그래?"

　　　인정하지 않으며 비아냥거리는 미와코의 표정은 게이코보다도
훨씬 음영이 있어 보였다.

　　　〈2〉

　　　미와코의 천성은 밝고 담백했지만, 고집쟁이이기도 했다. 미사
와 마음속에 신코에 대한 아직 정리하지 못한 것이 남아 있다는

것을 알게 되니 뭔가 초조해져서 일편단심으로 미사와를 따르고 싶은 생각이 들지 않았다. 그리고 그 불만을 달래기 위해 언니 주점에서 일하고 있을 때, 그곳에 미사와가 나타났다. '이제 너와는 안 만나!'라며 뭔가 자신이 신코를 정리할 때의 덤처럼 있으나 마나 한 존재처럼 간단히 정리해 버리자 분해서 견딜 수가 없었다. 뭔가 깜짝 놀랄 만한 것을 해서 미사와와 언니가 뼈저리게 후회하게끔 해 주고 싶었다. 그래서 게이코로부터 정신적 음영이 없어서 안 된다는 말을 쉽게 들었어도, 언니를 돕는 사람으로 극단에 출입을 하다가 자기 자신도 무대에 나갈 기회를 잡으려는 생각이었다. 게이코의 이번 공연 장소는 데이코쿠(帝国) 호텔 연예장이었다. 그리고 연습하는 곳은 긴자 뒤의 사쿠라테이(桜亭)라는 데를 빌려 사용하고 있었다. 미와코는 명랑한 성격이라서 금세 극단 사람들과 친하게 되었고, 언니를 도울 뿐만 아니라 다른 사람들의 볼일도 도와줘서 '미와코 양, 미와코 양!' 하며 모두에게 사랑받고 있었다.

이번에 상연하는 작품은 일본 현대 작가의 창작 희곡이었다. 첫날밤은 만원에 가까운 성황을 이루었다. 둘째 날 밤 출근하여 대기실에 들어가고 얼마 안 있어 게이코는 면회하러 온 손님이 있어 대기실에서 나간 채, 한참 동안 돌아오지 않았다. 20분 정도 지났을 무렵 단원 중의 한 남자가 미와코에게 말을 전했다.

단　원 "언니가 호텔 그릴(grill)에 있으니 미와코 양도 당장 오라는

　　전갈이야."

미와코 "밥 먹자는 건가?"

단　원 "아마 그럴 거야. 미와코 양에게도 맛있는 것을 사 준대."

미와코 "와~ 좋아라!"

　　미와코는 덩실거리며 연예장에서 가까운 호텔 그릴로 뛰어갔다. 6시가 지난 지 얼마 안 되어서 그런지 넓은 그릴에는 손님은 적었고 언니 게이코가 모르는 부인과 입구에서 왼쪽으로 조금 높은 플로어의 테이블에 앉아 있는 것이 금방 눈에 들어왔다. 미와코가 일부러 구두 소리를 높이며 가까이 가자 언니가 금방 돌아보고는 반갑게 말했다.

게이코 "어, 미와코, 왔어? 여기 앉아."

　　게이코는 자기 오른쪽 의자를 빼내 주었다. 언니와 이야기를 나누고 있던 부인은 그때 슬쩍 미와코 쪽을 미소 있는 얼굴로 올려다보았다. 하지만 그 아름다운 얼굴에 어울리지 않게 뭔가 사람을 압박하는 기품이 있는 사람이었다. 상대가 인사를 하지 않아서 미와코도 턱과 상체만을 조금 움직이는 정도의 인사를 하고 자리에 앉았다.

　　　　〈3〉

　　미와코가 자리에 앉자 곧 간단한 식사가 나왔다.

게이코 "막내인 미와코입니다."

　게이코가 상대방에게 소개했다.

부　인 "아, 그래요?"

　상대의 부인은 위엄 있게 끄덕이고 다소 험상궂으면서도 아름
다운 눈으로 지그시 미와코를 응시했다.

부　인 "누구 할 것 없이 다들 미인이시네요. 그런데 이분이 제일
　　　모던하네요."

　미와코는 상대가 누구인지 몰라서 그냥 싱글벙글 웃고 있었는
데 그 부인 오른손 약지에 빛나고 있는 5캐럿은 될 법한 화려하고
아름다운 다이아몬드에 놀라서 눈을 크게 뜨고 있다가 빵을 집어
든 왼쪽 손에도 같은 크기의 다이아몬드가 빛나고 있는 것을 발견
하고는, '아!' 하는 외침 소리를 낼뻔할 것을 간신히 참았다. 남자
라면 누구의 품속에라도 순식간에 뛰어 들어갈 미와코였지만 그
것이 여자가 되면 비교적 호불호가 확실해서 처음에 언뜻 보았을
때부터 부인이 별로 마음에 들지 않았다. 식사가 끝나갈 무렵 언
니인 게이코는 전에 하던 이야기의 계속인 듯한 내용의 이야기를
하기 시작했다.

게이코 "제가 안내해 드려도 좋습니다만, 개막 전이라서 왠지 모르
　　　게 어수선하기도 하고 여동생은 이미 가본 곳이라서요."

　이 말을 들은 상대 부인이 끄덕이자 이번에는 옆에 있는 미와

코에게 말했다.

게이코 "있잖아, 미와코 이분은 내 연극을 후원해 주시는 분이고 신
　　　　코와도 친하게 지내시는 분이야. 신코를 만나고 싶다고 하
　　　　시니까, 네가 '바·스완'까지 안내해 드리면 좋을 것 같아서."
미와코 "누구신데요?"
게이코 "마에카와 씨의 부인이셔."

　　게이코는 아무렇지도 않게 대답을 했다.

미와코 "어머. 그래요?"

　　미와코는 정색을 하고 인사했다. 그러나 미와코는 어린데도 어
른스러운 머리로 신코와 마에카와의 심상치 않은 관계를 거의 헤
아리고 있어 마에카와 부인을 신코의 주점으로 안내하는 것이 어
떤 역할인지 금새 짐작할 수 있었다.

미와코 "하지만 신코 언니가 놀라지 않을까?"

　　미와코가 진지한 얼굴로 말했다. 그러나 젊고 귀여운 미와코
같은 것은 무시하는 듯 부인이 말하고는 자리에서 일어났다.

부　인 "게이코 씨, 바쁘신데 여러모로 고마워요. 그럼 연극 잘하시고
　　　　요. 내일 다시 보러 올게요."
미와코 "어우, 재수 없어! 너무 여우 같아."

　　부인이 2, 3 간(間) 걷기 시작했을 때, 미와코는 언니에게 자그
마하게 투덜댔지만, 언니에게 떠밀려 어쩔 수 없이 문밖으로 나갈

수밖에 없었다.

〈4〉

미와코는 언니인 게이코가 이렇게 하기 싫은 안내역을 아무렇지도 않게 자기에게 떠맡겼다고 생각하니 화가 나서 견딜 수 없었다. 그녀는 자기중심적이라 이미 신코에게 무척 폐를 끼치고 있었지만, 자기에게는 한 푼의 이득도 안 되는 일로 신코를 다시 괴롭히고 싶지는 않았다. 게다가 이 부인을 처음 보았을 때부터 왠지 모르게 주는 것 없이 미웠다. 따라서 부인과 멋진 고급차를 함께 나란히 타고나서도 그녀는 퉁명스럽게 외면하고 있었다. 완전히 미와코를 어린이라고 업신여기고 있던 부인은 미와코의 기분이 안 좋은 것을, 그런 성격이라 생각이라도 한 듯 여러 가지 노골적인 난조 자매의 호적조사 같은 질문만 하고 있었다. 그러나 그렇게 되자 그녀는 소라가 그 껍질의 문을 닫듯 말수가 적어졌다.

호텔에서 신바시(新橋) 근처의 '바·스완'은 불과 3분도 채 걸리지 않았다. 차가 멈추자 미와코는 평소보다도 더 경쾌하게 뛰어내려서 천천히 침착함을 보이는 부인에게 넌지시 이야기하고는 언니 신코의 가게로 뛰어 들어갔다

미와코 "잠깐 기다리세요!"

문 바로 옆자리에 있던 신코가 힘차게 뛰어 들어오는 미와코를

보고 말했다.

신　코 "들어오는 꼴이 그게 뭐야? 더 이상 오지 않을 거라 생각했
　　　는데."

　　살짝 비꼬는 듯한 말투였다.

미와코 "지금 그럴 때가 아니야. 마에카와 씨 부인이 왔어."

신　코 "뭐라고? 네가 데리고 온 거야?"

미와코 "게이코 언니가 억지로 나보고 안내하라고 했다고. 언니가
　　　곤란할 텐데 말이지……."

　　신코의 얼굴에서 일시에 핏기가 가시는 느낌이 들어 더 이상
말을 할 수 없을 것 같았다.

미와코 "언니, 나를 원망하지 마. 게이코 언니가 나쁜 거야."

신　코 "……."

　　신코는 비틀거리며 뒤의 칸막이에 부딪힐 뻔했다.

미와코 "그래도 상관없잖아. 언니는. 아무것도 무서워하지 않아도
　　　되잖아. 뭐 언니가 나쁜 짓 하고 있는 거 아니잖아. 상대가
　　　뭐라고 투덜거리면 언니도 할 말만 하면 되지 않아?"

신　코 "그런데 그렇게 손쉬운 상대가 아니야."

　　신코가 말하려고 할 때 더 이상 기다릴 수 없다는 듯 부인이
문에서 재빨리 상반신을 슬쩍 비치며 말했다.

부　인 "나 들어가도 되지요?"

　　신코는 그대로 선 채로 움직일 수가 없었다. 부인으로부터 시
선을 돌리거나 고개를 숙이지도 못하고 망연한 태도를 취할 수밖
에 없었다. 부인은 안에 발을 들여놓으면서도 웃음을 보였다. 그
것은 이상한 긴장감이 흐르는 미소였다. 이렇게 되고 나니 부인의
고아(高雅)한 코가 너무나 매서운 모습을 부르고 있었다.

　　〈5〉

　　신코는 부인의 모습을 본 순간부터 비참함과 두려움으로 바닥
이 없는 곳에 서 있는 것 같아서 몸이 부들부들 떨렸다. 부인은
신코에게 인사도 없이 방안을 한 차례 둘러본 후, 어찌할 바를 몰
라 오도카니 서 있는 신코를 보며 말했다.

부　인 "아주 멋지군. 호호호호. 놀란 것 같군. 내가 아무것도 모르고
　　　있다고 생각하는 것은 잘못이야."

　　신코는 가슴이 무너져내리는 듯한 생각이 들었지만, 그 말을 계
기로 간신히 시선을 돌리면서 기계적으로 고개를 숙였다.

부　인 "난 당신에게 여러 가지 묻고 싶은 것이 있어. 대답해 주실
　　　거죠?"

　　가게에 손님이 두 쌍 정도 있어서 그 대단한 부인도 모나지 않
게 부드럽게 말했지만, 신코는 뭐라고 대답하지도 못한 채 그냥

말 못할 슬픔이 가슴에 가득 차 있었다.

부 인 "손님이 있는 데에서 이야기하는 것은, 나는 상관없지만 당신은 좀 그렇지 않은가요? 조용히 이야기할 수 있는 곳 없을까요?"

부인이 빠른 어조로 말하자 미와코가 얼른 앞서서 안내했다.

미와코 "2층 방에서 하시지요. 제가 안내할게요. 이쪽으로 오세요."

신코는 무정한 미와코의 말을 막을 기력도 없었다. 부인이 무엇을 물어볼까? 묻는 말에 뭐라고 대답하고 뭐라고 맞서면 좋을까? 뒤가 켕기는 약점 때문에 어떤 심한 말도, 어떤 무자비한 모욕도 감수해야 하는 걸까? 누군가가 얼굴을 거꾸로 만지는 듯한 생각이 들어 어떻게 해야 좋을지 몰랐다. 위압감을 주며 엄숙한 태도로 안으로 들어가는 부인을 미와코가 계단 있는 데까지 안내하고는 나는 듯 언니 쪽으로 되돌아왔다.

미와코 "대충 이렇게 되리라는 생각은 했었어. 그래서 나는 싫었는데 게이코 언니가 말이야, 다짜고짜로 나한테 안내역을 떠맡기는 거야. 미안해, 언니. 하지만 2층에 들어가서 이야기하는 편이 좋지 않아? 가게에서 이야기하고 있을 때 마에카와 씨가 불쑥 오기라고 하면 큰일 날 거 아니야? 그래서 내가 아래에 있다가 마에카와 씨가 들어오면 선후책(善後策)[70]

---

70) 뒷갈망을 잘하려는 계책.

을 강구할게."

어린애라고만 생각하고 있었는데 일단 위급한 경우에는 꽤나 빨리 머리가 돌아가는 미와코의 얼굴을 신코는 조금 어이없이 응시했다.

미와코 "그렇게 슬퍼하지 마. 언니 용기를 내. 상관없잖아. 설사 마에카와 씨에게 어떤 것을 부탁해서 받았다고 하더라도 언니가 저 부인에게 책임을 질 일은 없잖아. 그러니 용기를 내서 만나러 가. 어중간하게 사과 같은 것 하면 안 돼. 당당하게 싸우는 거야."

응석꾸러기인였던 여동생이 이 상황에서는 믿음직스러웠다.

정조문답
貞操問答

〈1〉

실제로 와 보기 전까지 부인은 그렇게까지 신코에 대한 남편의 배려가 구석구석 미치고 있으리라고는 생각하지 않았다. 아래층을 보고 놀라고, 2층에 올라와 신코의 개인 방 같은 작은방을 보고 또 한 번 놀랐다. 모든 것이 조촐하고 아담했는데 제철의 꼴뚜기처럼 모든 것이 다 갖추어져 있었다. 계단을 오를 때 전화가 놓여 있는 것도 놓치지 않았다.

부인은 분노와 분함 그리고 남편에 대한 매우 어리석은 조롱을 느꼈을 뿐 남편의 애정으로만 살아가는 아내와 같이 질투에서 오는 고통은 전혀 느끼지 않았다. 오히려 이렇게까지 남편의 보살핌을 받고 있다면 아무리 맞대놓고 힐난한다 해도 상대는 끽소리도 내지 않을 거라고 생각하자, 그녀의 마음은 몹시 동요되었고 눈이 번쩍거려서 신코가 올라오는 2, 3분 사이에도 애가 탈 정도로 마음이 두근거리고 있었다.

신코는 이대로 도망쳐 버리고 싶은 격렬한 충동을 느끼고 지푸

라기라도 잡고 싶은 듯한 지금의 기분에 미와코의 격려를 받아서 간신히 마음을 진정시키고 메두사의 머리처럼 무시무시하게 느껴지는 부인과 직접 대면하기 위해 계단에 발을 내디뎠다.

계단을 올라가는 언니의 뒷모습에 자못 절망한 듯한 불쌍한 모습이 있어서 미와코는 마음이 몹시 동요되었다. 미와코가 멍하니 서 있던 요시코와 다에코에게 다가가 깜찍하게 말하고 고개를 갸웃하며 깊은 생각에 잠겼다.

미와코 "다들 신경 쓰지 말고 손님들 잘 부탁해요. 레코드를 틀고 크게 떠드는 거예요. 그리고 2층 이야기가 너무 길어질 것 같으면 내가 상황을 보러 갈지도 모르니, 만약 마에카와 씨가 오면 이곳이 좀 어수선하니 시세이도에라도 잠시 가 계시라고 이야기해주지 않을래요?"

그렇게 말하고는 자신도 안쪽으로 들어가서 계단 아래에서 두 번째 있는 데까지 올라가서 위의 상황이 어떠한지를 귀를 기울여 듣고 있었다. 신코가 자기 방으로 들어가자 부인은 신코 침대 끝에 앉으면서 비아냥거리는 미소를 띠며 신코를 맞이했다. 신코는 다시 침착함을 잃고 기운이 없어졌다.

부　인 "호호호호. 난조 씨. 오랜만이에요. 내가 갑자기 와서 무척 놀라셨나 봐요. 그런데 나도 너무 깜짝 놀랐어요. 나 우연히 당신 언니와 친구가 되어 당신이 주점 같은 데에서 일한다고 들어서 깜짝 놀랐거든요. 당신과 같은 인텔리 여성이 이런 장사를 한다는 것이 안타까운 생각이 들어서요. 그리고 주점을 남편이 알선해 주었다는 이야기를 들었는데 설마 그럴 리가 있겠냐고 생각했어요. 하지만 여기에 와서 난 놀라고 말았어요. 이 집은 확실히 남편이 내준 가게네요. 내가 본 적이 있는 장식품도 서너 점 있는 것 같아요."

부인이 정복자처럼 웃었다.

부　인 "신코 씨, 당신은속으로 내가 얼마나 멍청한지 비웃고 있었지요?"

〈2〉

이런 일로 자제심을 잃으면 자기 품위가 떨어진다고 생각한 것일까? 태도만은 끝까지 냉정하게 말도 바늘처럼 날카로웠다.

부　인 "설마 당신도 이 가게와 남편이 아무런 관계도 없다고 말하지는 않겠지요? 가구와 장식 취향, 이것은 틀림없이 남편이에요. 색조 같은 것도 우리 집 남편 방과 꼭 닮았는걸요."

신코가 양심적인 이상 이제 와서 그런 단정에 맞설 수는 없었다. 부인이 최초의 전제를 확실하게 정하려는 듯 말했다.

부　인 "이 가게를 남편이 내준 것을 당신은 부정하지 않지요?"
신　코 "……."

　신코는 말을 하지 않고 있다가 자기도 모르게 어렴풋이 고개를 끄덕였다.

부　인 "당신도 못된 사람이 아닐 테니까 이렇게 빤히 들여다보이는 것까지 숨기지는 못하는군요. 그럼 한 가지만 묻겠어요."

　부인은 자못 경멸하는 듯한 어조로 말했다.

부　인 "나와 남편 사이에는 지금까지는 아무런 비밀도 없었는데, 내게 완전히 비밀로 하고 남편이 당신을 보살피고 있다니. 도대체 당신은 남편의 뭐인가요. 남편과 어떤 관계냐구요?"

　냉정을 가장하고 있던 부인의 눈도 아니나 다를까 빛이 났다. 신코는 필사적으로 말했다.

신　코 "마에카와 씨와 저는 아무런 관계가 아닙니다. 그냥 친절하게 말해 주시기 때문에 이 가게에서 일하고 있을 뿐이에요."

부　인 "그래요! 그럼 당신은 고용인이네요. 하지만 고용인인 당신이, 이런 하이칼라의 침대와 멋진 경대를 가지고 있다고요?"

　부인은 먼저 날카로운 야유를 퍼부었다.

부　인 "난조 씨, 당신은 입으로는 아름다운 말만 하시는데 당신과 우리 집안은 가루이자와에서 인연이 끊어진 것이잖아요. 그런데 왜 남편과 교류를……. 게다가 남다른 교류를 갖고 계신 것 아닌가요? 그것도 아내인 나에게는 비밀로……. 그것을 저는 이해할 수가 없어요. 당신이 처음부터 나와 아무런 면식도 없는, 어딘가의 직업여성이라면 그건 나도 불평은 하지 않아요. 그런데 당신은 적어도 반 달에서 한 달 동안 같은 집에 있으면서 나와 아침저녁으로 얼굴을 서로 마주한 관계이면서도 내가 모르게 남편과 특별한 관계를 갖고 계시잖아요. 남편이 당신을 다시 부른 것인지 당신이 남편을 불러낸 것인지는 모르지만, 내게는 전혀 한마디도 하지 않고 이런 의심스러운 가게에 당신이 있는 거고, 매일 밤 남편과 만나고 계신다고요? 그런 짓을 적어도 교육을 받은 숙녀가 하셔도 되는 건가요? 스스로도 우습다고 생각하지 않으십니까? 그런 짓을 하면 당신을 훌륭한 숙녀로 우리 집에 소개해 준 미치코 씨에게 죄송하다고는 생각하지 않습니까?"

〈3〉

끊임없이 다그치며 몰아붙이는 부인의 한 마디 한 마디가 양날 검을 늘어놓은 듯한 매서운 모욕이 되어 신코를 철저하게 처참하게 베고 괴롭히고 있음에도 불구하고, 돌려줄 말을 찾을 수 없었다. 그저 지그시 참고 있을 수밖에 없었던 신코의 전신에 참을 수 없는 분한 감정이 밀려왔고 손가락 끝이 격렬하게 떨리기 시작했다. 부인은 신코가 자기 말에 기력을 잃어 아무런 대답도 하지 못하는 모습에 기뻐서 어쩔 줄 몰랐다. 그리고 말로 할 수 있는 한 모든 모욕을 퍼부어 주어서 두 번 다시 남편 주위에 다가오지 못하게 하려고 머릿속으로 여러 가지 효과 있는 표현을 생각해내고 있었다.

부　인 "이런 생활은 대부분 자존심이 없고 교양이 없는 여자가 하는 일인데, 당신은 이상하네요. 전문 교육을 받으셨는데 용케도 이런 기생충 같은 생활을 하실 수 있네요."

마치 '즉 당신은 교양이 있는데 남의 첩이 되느냐?'고 말하려는 듯한 어조의 조롱이었다. 신코는 설령 정조를 팔지 않았다고 하더라도 형식적으로 봐서는 그렇게 여겨져도 어쩔 수 없는 생활을 하고 있었기 때문에, 부인이 하는 비난의 적어도 절반은 가슴에 절실히 느껴져서 마음이 주리질을 당하는 것처럼 괴로웠다. 왜 이런 생활에 발을 들여놓은 것일까 하며 자신이 한심스럽게 생각되어 하마터면 눈물을 흘릴 것만 같았다. 게다가 신코가 말을 안 하고 있으면 있을수록 그것은 더욱더 부인의 기세를 부추기게 되기라도 하듯 부인은 일이 생각대로 되어 우쭐대는 기분으로 말했다.

부　인 "이 가게에서 일하고 있는 거라고 하면 무척 그럴듯하게 들릴 수도 있겠지만, 나는 남편이 이런 분별없는 장사를 하는 것 자체도 참을 수가 없어요. 우리 친정이나 친구들에게 알려지기라도 하면 남편은 어찌 됐든 간에 나까지도 얼마나 창피하고 부끄러운 일인가 생각이 들겠어요. 더욱이 전에 우리 집에서 가정교사를 한 여자를 그 가게의 마담으로 쓰고 있다는 것이 알려지기라도 한다면 그야말로 엄청난 스캔

들이 되지 않을까요? 그건 그렇고 당신에게 오랫동안 아이들을 맡기지 않은 것이 이렇게 되고 보니 정말 다행이라고 생각되네요."

부인은 한층 심술궂게 바삭바삭 책망하기 시작했다.

부　인 "그때 그대로 당신이 오래 머물렀더라면 그야말로 우리 신성한 가정마저 더럽혀졌을지도 몰라요."

신　코 "어머나! 부인 그게 무슨 말씀이신가요?"

신코가 참다못해 말했다.

부　인 "무슨 말인지 당신 가슴에 손을 대고 물어봐요!"

신　코 "부인 저는 마에카와 씨와 전혀 양심의 가책을 느낄만한 일은 없었어요."

신코의 분해서 나오는 눈물이 점점 쉬지 않고 볼을 흘러내려갔고 신코는 몸을 떨면서 필사적으로 소리쳤다.

부　인 "그럼 묻겠습니다. 당신은 이 방에서 남편과 만났나요? 그렇지 않으면 안 만났나요? 이 방, 이 침대 같은 게 놓여 있는 방에서 말이에요!"

부인의 볼에도 격렬한 질투의 그림자가 번쩍이고 있었다.

〈4〉

서양에서는 남녀 둘이서만 만날 때는 방문을 열어둔다고 한다. 일본은 그 정도는 아니더라도, 침대가 있는 방에서 만나고 있으면 어떤 의심을 받아도 어쩔 수 없다는 이치인지라, 급소를 찌르는 부인의 말에 신코는 다시 한번 단칼에 상처를 입었다는 심정으로 말했다.

신　코 "하지만 아무것도 나쁜 짓을 한 적은 없는데요……."

다음 말을 잇지 못하고 있자 부인은 완급을 자유자재로 조절하며 다소 예봉(銳峰)을 숨기고 있는 듯 말했다.

부　인 "뭐, 됐어. 지금까지 일은 어떻든 상관없어요. 설사 당신과 남편 사이에 뭔가 있었다고 해도 어차피 남편의 일시적인 생각이나 과실이었다고 생각해. 남편이 당신 같은 사람을 진짜로 사랑한다고 생각할 수는 없으니까. 그러니 지금까지의 일은 크게 탓하지 않겠어요. 다만 지금부터 앞으로 내가 걱정하는 스캔들이 세상에 알려지지 않도록 당신도 잘 생각해 주었으면 해요. 그 때문에 난 창피를 무릅쓰고 여기까지 온 것이니……. 당신도 언젠가는 시집가실 몸이잖아요, 지금 쓸데없는 소문 같은 것이 난다면 당신에게는 평생의 수치가 되지 않을까요?"

그런 말을 듣고 보니 틀린 말은 아니다. 그러나 신코는 고분고분히 들을 생각은 들지 않았다.

부　인 "그러니 난 당신이 남편과 아무 관계가 없다고 말한다면 그 것을 믿고 싶어. 당신도 믿어 주기를 원하지? 하지만 당신이 결백을 입증하기 위해서는 이 가게에서 오늘 밤에라도 나가 주는 것이 가장 좋지 않을까? 당신이 일개 고용인이라고 말 한다면 고용인이라는 것을 내 앞에서 보여 줘. 저기요, 난조 씨! 내가 하는 말이 어려우신가요?"

먼저 명분론에서 신코를 실컷 호되게 닦아 세우고 나서 이번에 는 실재론으로 신코를 궁지로 몰아넣으려는 작전이었다. 신코로 서도 이렇게까지 악랄한 부인에 대해서는 교양도 세상 소문도 내 팽개쳐버리고 마구마구 엉망진창 논전을 전개해나갈지, 그렇지 않으면 부인의 면전에서 마에카와와의 관계를 깔끔하게 정리하고 '소란을 피워서 미안합니다.'라고 깨끗이 물러날지 둘 중의 하나를 선택할 수밖에 없었다. 게다가 지금 와서 부인과 볼썽사납게 말다 툼을 할 용기도 없는 이상 지금은 순순히 물러날 수밖에 없다는 생각이 들었지만, 그냥 이대로 나가는 것은 죽었다 깨어나도 분해 서 견딜 수 없을 것 같았다. 그래도 뭔가 말해보고 싶었다.

신　코 "하지만 전 마에카와 씨로부터 부탁받아 이 가게를 떠맡고 있는 것이니 마에카와 씨로부터 말씀이 없는 이상은 나갈 수 없어요."

부　인 "그건 아무 상관이 없지 않을까요? 이 가게가 남편 소유라는

것을 당신도 인정하고 있는 이상 집사람인 내가 나가 달라
면 나가 줄 수 있는 거 아닌가요? 바텐더를 불러 주세요. 내
가 바텐더에게 이야기할 테니까요."

신코로서 이미 절체절명의 순간 뭘 생각했는지, 미와코가 홀가
분하게 미소지은 얼굴로 갑자기 문을 열고 방안을 들여다보았다.

〈5〉

미와코는 언니의 우는 얼굴을 힐끗 보고는 갑자기 마에카와 부
인에 대해 맹렬한 적의를 느낀 듯 그 귀여운 눈에 살기를 띤 채
방안에 들어와서 언니 옆으로 다가갔다.

미와코 "언니, 어떻게 된 거야?"

신　코 "……."

신코는 역시 여동생의, 육친의 정이 미더운 것이라 생각했다.
그만큼 다시 슬퍼져서 말을 못 하고 있자, 미와코는 느닷없이 마
에카와 부인을 향해 말했다.

미와코 "부인, 대체 지금 무슨 말씀을 하시는 거예요? 내게 안내를
　　　시켜놓고 언니를 괴롭히다니 정말 상식이 없으시네요."

부인은 꼬마 같은 이 처자를 애초부터 상대하려 하지 않았다.

부　인 "당신은 아직 어리니까 아래층으로 내려가 있어 줄래요?"

미와코 "아니요, 싫은데요? 언니를 괴롭히다니 도저히 잠자코 참고
　　　　있을 수는 없어요."

　　작은 몸집이 마치 반항의 덩어리처럼 금방이라도 덤벼들 것 같
　았다.

부　　인 "어머나! 난 괴롭히고 있는 게 아니에요."

미와코 "아니요, 지금 괴롭히고 계시잖아요. 분명히 언니에게 갖가
　　　　지 의심을 덧씌우고 계시잖아요."

　　부인은 조금 진지해졌다.

부　　인 "하지만 그건, 의심스러워할 만한 일을 여러 가지 하고 있으
　　　　니까요."

미와코 "의심스러운 일이라니요, 그게 뭔데요?"

부　　인 "당신과 같은 꼬마아이에게는 이야기할 수 없어."

미와코 "그렇담 알겠어요. 언니와 마에카와 씨의 사이를 의심하시는
　　　　거죠?"

부　　인 "당신은 보기보다 조숙하군요."

　　눈살을 찌푸리며 화가 치민 듯이 말한다.

부　　인 "그럼 당신에게도 말해 주지. 어차피 당신도 게이코 씨도 신
　　　　코의 연줄로 남편한테 신세를 지고 있잖아요? 그런 것을 당
　　　　신 스스로는 이상하다고 생각하지 않나요? 남편과 신코 씨
　　　　가 보통 관계라면 당신들 자매까지 돌볼 수 있겠냐는 말이

에요."

부인은 자기 딴에는 매우 호되게 윽박질렀다고 생각하고 있었지만 미와코는 천연덕스럽게 이렇게 말했다.

미와코 "어머, 그건 부인이 몹시 잘못 생각하고 있는 거예요. 언니는 품행이 방정하거든요. 항상 단정하지 않을 때가 없어요."

부　인 "품행이 방정해서 이렇게 남편 신세를 지고 있는 건가요? 남편과 아무런 관계가 없이 이렇게까지 남편 신세를 질 수 있어요?"

미와코 "어머! 언니는 마에카와 씨와 아무런 관계도 없어요. 그냥 마에카와 씨가 언니를 무척 좋아하고 있는 것뿐이에요."

그것은 정말 부인의 자존심을 정면에서 쪼개는 대답이었다. 설령 남편과 신코 사이에 관계가 있다 하더라도 그것을 남편의 일시적인 생각, 내지는 과시로 처리하고 싶어 하는 부인에게는 남편이 신코를 사랑한다는 말을 듣는 것은 도저히 참을 수가 없는 일이었다. 부인은 자기도 모르게 화가 치밀어올랐다.

부　인 "그것참 추접스러운 일이네요. 우리 남편이라서가 아니라 다른 여성을 사랑한다는 것은 절대로 있을 수도 없고 믿을 수도 없어."

부인이 호언장담했지만 미와코는 전혀 아랑곳하지 않았다.

미와코 "그러니 부인은 아무것도 모르신다는 거예요. 모르시는 편이 행복하실 거예요. 모르면 모르는대로 끝나 버릴 텐데. 일부러 이런 곳까지 찾아오실 필요도 없을 거고요."

부인은 지나친 폭언을 정면에서 철썩 맞았다는 생각이 들어 잠시 어안이 벙벙해졌다. 미와코의 얼굴을 멍하니 바라다보고 있다가 그 넉살 좋은 모습에 다시 화가 나기 시작했다.

부　인 "정말 수치를 모르는 사람들이 다 모인건가요? 내가 여기에 와서 뭐가 나쁘다는 건가요? 내 가정을 파괴하려고 하는 사람이 있으면 그 사람을 힐문하는 것이 내 권리인데요."

더 이상 비아냥거리고 냉정한 모습은 보이지 않았고 호흡도 다소 조급하게 흐트러지기 시작했다.

미와코 "하지만 그건 언니를 책망하는 것보다는 마에카와 씨를 책망하시는 쪽이 빠르실 거예요."

미와코는 아무렇지도 않게 고개를 가로저었다.

부　인 "그런데 신코 씨는 한 번 내가 부린 사람이잖습니까! 그 사람이 우리 집에 있는 동안, 남편과 수상한 관계를 맺고 우리집을 나가서는 몰래 가게를 차려달라고 한 것을 내가 말 안하고 그냥 보고만 있을 수 있겠습니까? 당신과 같은 어린아이는 부부 사이의 문제 같은 건 모르는 법이에요. 아래에 내려가 있어 줄래요?"

부인은 분노가 치밀어올라 우격다짐으로 그렇게 말했다.

미와코 "싫어요. 내가 안내해서 온 사람이 언니를 모욕하는 것을 가
　　　　만히 보고 있을 수만은 없어요."

　　미와코는 결연히 굽히지 않았다.

부　인 "나도 아무런 이유도 없이 모욕 따위를 하지는 않아요."

　　부인도 이렇게 된 이상은 이 어린 계집아이를 경시할 없다는
판단에 필사적인 마음이었다. 신코는 이제 어찌 할 도리가 없는
처지에 내몰리게 되어 자신을 희생해서 부인의 심한 욕설을 막 받
아들이려고 했을 때, 뜻하지 않은 미와코의 삽상[71]한 도움을 믿음
직스럽게 생각은 하면서도 더 이상 일을 시끄럽게 만들면 어떻게
될지 알지 못해서, "미와코! 가만히 있어."라고 조용히 타일렀다.
그러자 미와코는 홍조 띤 볼을 보이며 말했다.

미와코 "언니가 미적지근한 태도를 보이니까 안 되는 거야. 그러니
　　　　까 투덜대는 소리를 듣는 거라구."

　　미와코는 언니가 건드리면 언니를 벨 기세였다.

　　〈6〉

　　'투덜대는 소리를 듣는 거야.'라는 미와코의 말에 부인은 기겁
을 하며 말한다.

---

71) 颯爽 ; 씩씩하고 시원스러운 모양.

부　인 "투덜댄다니 대체 무슨 말을 하는 거야? 당신, 정말 시건방
　　　지네. 뭣 때문에 나를 그리 모욕하는 건가요?"

　이번에는 자기 쪽이 피해자가 된듯한 뉘앙스로 부인이 말했다.
미와코는 변함없이 전혀 동요하지 않고 동그란 귀여운 눈동자를
가만히 크게 뜨고 말했다.

미와코 "그렇지만 정말 그런 걸 어떡하겠어요. 마에카와 씨는 온당
　　　하고 원만한 주의이고 언니는 지조가 견고한 사람이잖아요.
　　　그러니 상대에게 투덜대는 소리를 들을 일은 전혀 없어요.
　　　언니는 처녀예요. 난 처녀인 것을 믿고 있어. 부인에게 괴롭
　　　힘을 당하는 일 같은 건 전혀 없다고 생각해요."

　언니에 대한 미와코의 신념은 열의를 띠고 있어 자타가 공인할
정도로 유력한 반격이 되었다. 그러나 부인도 지지 않았다.

부　인 "흥. 정말 희한한 소리 다 듣네. 그렇다면 더욱더 이런 침대
　　　가 있는 방에서 남편과 단둘이 만나는 것을 삼가야 하는 거
　　　아니야?"

미와코 "그런 건 언니에게 말하기 전에 마에카와 씨에게 말씀하셔
　　　야 마땅해요."

부　인 "당신의 지시를 받지 않아도 물론 남편을 나무랄 거야. 그러
　　　나 그러기 위해서도 이 수상스러운 장소를 확인해 둘 필요
　　　가 있지 않을까?"

　그 고고하고 콧대 높은 부인도, 재기가 번득이고 아무것도 무서
운 줄 모르는 미와코에게는 다소 애를 먹었다.

미와코　"하지만 확인할 방도가 있나요? 처녀인 언니에 대해 누구와
　　　　수상하다든가 수상하지 않다든가 그런 것을 확인할 방법은
　　　　없을 것 같은데요. 그런 말을 하는 것은 오히려 당신의 인격
　　　　을 훼손하게 만드는 거예요."

　미와코는 이미 언니를 위해서 변호한다기보다도, 자못 거만한
증상만(增上慢)[72]을 역력히 얼굴에 드러내고 있는 부인에게 들이
대는 흥분에 스스로 취하기라도 한 듯 끝까지 덤벼들었다. 어린아
이같이 아래턱을 삐죽 내민 입안의 혀 속에는, 조금은 요점에서
벗어났을지는 몰라도, 여하튼 상대의 어딘가를 푹 찌르는 독침이
무수히 숨겨져 있었다. 신코는 눈을 내리뜨고 있을 뿐, 질의응답
은 부인과 미와코로 옮겨지고 그녀는 권외로 밀려난 형국이었다.
부인은 지금까지 아주 버릇없이 자라서 남을 우격다짐으로 윽박
지르는 것에는 능숙했지만 한 번 상대한테서 역습을 당하게 되면
금세 당황하고 흥분하기 시작해서 정신이 아찔해질 정도로 미와
코가 얄미워지면서 말은 오히려 신랄함을 잃어버리고 말았다.

부　인　"나는 특별히 먼지가 없는 데를 두드리지 않아요. 이러한 증
　　　　거로 신코 씨는 저렇게 몸 둘 바를 몰라 하고 있잖아요."

---

72) 사만(四慢)의 하나로 최상의 교법과 깨달음을 얻지 못하고도 이미 얻은 것인 양
　　교만하게 우쭐대는 마음.

부인은 미와코를 피해 연약한 언니를 공격했다.

〈7〉

미와코는 다시 분연(奮然)히 말했다.

미와코 "언니가 송구스러워하고 있을 리가 없어요. 언니는 너무 과
　　　도하게 양심이 있어서 단지 한 달 동안 신세를 진 것을 생각
　　　하고 사양하고 있을 뿐인 거라고요. 이렇게 조심성이 많은
　　　언니를 위험물 취급하시는 것은 큰 잘못이에요. 언니를 경
　　　계하기 전에 부인은 가까이에 있는 마에카와 씨의 심장을
　　　꽉 쥐고 계시면 되는 거예요."

　이것은 미와코가 휘두르는 논리 중에서도 부인으로서는 상당히
뜨끔한 것이었기에 부인은 더욱더 초조해져서 표정 같은 표정을
전부 잃어버리고 말았다.

부　인 "시시한 이치 같은 건 듣고 싶지 않아. 여하튼 오늘 밤 안에
　　　당신들 자매는 이 가게에 출입하는 것을 그만두는 게 좋겠
　　　어. 알았지요? 신코, 그것에 이의가 없는 거죠? 당신은 아까
　　　분명히 승낙했으니까."

　부인의 태도는 과감하고 고압적이었다.

미와코 "어떤 이유에서 그만두어야 하는 건가요?"

미와코는 아주 침착하게 물었다.

부　인 "어떤 이유라고요? 내가 싫어서요. 남편이 이런 주점 같은
　　　것을 내는 것에 반대하는 거예요. 이 가게가 없어지는 이상
　　　당신이 여기에 머무를 이유가 없는 거 아니에요?"

부인은 조금씩 냉정한 태도를 되찾기 시작했다.

미와코 "어머, 부인은 그런 권리가 없으실 텐데요."
부　인 "뭐라고요? 어째서죠? 남편의 것은 내 것이에요."
미와코 "그런데 이 가게는 마에카와 씨의 것이 아니거든요."
부　인 "그럼 누구 거예요?"

부인은 비웃으면서 말했다.

미와코 "전부 신코 언니 거예요"
신　코 "미와코!"

신코는 엉겁결에 미와코를 제재시키려 했다.

미와코 "언니는 잠자코 가만있어!"

미와코는 다시 부인을 향해 말한다.

미와코 "여기에 있는 것은 모두 신코 언니의 것이에요."

부인은 분한 듯이 미와코를 째려보았다.

부　인 "하지만 전부 마에카와가 산 것이 아닌가요?"
미와코 "돈이 누구에게서 나왔는지는 난 몰라요. 그러나 지금은 다

언니 거예요. 왜냐면 가게 명의는 언니 이름으로 되어있는
걸요. 그야 전부 마에카와 씨가 사 준 것인지도 모르겠지만
요. 하지만 남에게서 받은 물건도 결국 받은 사람 것이 되는
거예요."

부 인 "아니, 정말! 낯짝도 두껍군요!"

미와코 "제 낯짝이 두껍다기보다도 이런 걸 가지고 언쟁하는 것이
상스러워요. 한심스럽다고요. 그래서 언니는 말을 안 하는
거예요. 부인이 낯짝이 두껍다고 하면 아무 말 안 하고 나갈
생각이거든요. 그러니 언니가 부인이나 나보다도 인간적으
로 위에 있는 거예요. 말 한마디도 안 하고 있으니까."

부 인 "이야~, 진짜 너무 하는군!"

부인은 분노에 쉰 목소리로 그렇게 말하고 갑자기 일어났다.
일어나서 문을 열고 몹시 당황한 채 계단을 뛰어 내려갔다.

순애지도 : 사랑을 위하여 모든 것을 바치는 길
殉愛の道

〈1〉

신　코 "미와코, 너 괜찮아?"

미와코 "쉿! 조용히 해."

　　미와코는 언니의 말을 막고 계단 입구에서 아래층 상황을 엿보고 있었다. 그리고는 움직이기 시작한 차 엔진소리를 듣고는, "아, 갔다!"라고 혀를 내밀었다.

신　코 "그런데 너 정말 말을 심하게 하더라."

미와코 "심하다니, 어느 쪽이. 그 사람은 도대체 무엇을 하며 사는 인종이야? 고생도 모르는 부인으로 돈도, 시간도 있고 부군을 깔고 뭉개며 거만하게 구는 데다가 좀 가난한 동성(同性)은 눈엣가시로 여기고, 이쪽이 얼마나 힘든지는 아랑곳하지 않고 당장 나가라고 하다니, 사람을 너무 무시하고 깔보는 거 아니야? 더 괴롭혀 주었으면 좋았을 텐데. 난 그런 것들과 싸우는 것이 너무 신나고 재밌어."

　　미와코가 익살 떠는 어조로 말해서 상황을 잊어버린 듯 신코도

　　조금은 명랑해지기 시작했다.

신　코 "하지만 너도 그 부인 입장이 되면 틀림없이 그랬을 거야."

미와코 "만일 나라면 더 심하게 했겠지."

　　미와코는 예쁘게 미소를 지어 보였다. 여동생의 예기치 않은 분투로 발등의 급한 불을 끈 것을 기쁘게는 생각하고 있었지만 그런 신코의 심경은 심히 혼란스러웠다. 마에카와 씨가 부인에 대한 태도를 잘 알고 있고, 그것을 바꾸는 것은 불가능하다고 여겨지는 만큼, 부인에게 모두 알려진 이상 마에카와 씨와 자신의 교제도 이것으로 마지막이 아닐까라는 생각이 들었다. 만일 다시 만남을 계속하려 한다면, 지금 이상으로 햇볕이 쬐지 않는 음지의 땅을 택해야 하고 또다시 어디에 숨어 있다 해도 게페우[73])처럼 예리한 부인의 눈을 항상 두려워하며 벌벌 떨어야 한다는 것은 도저히 신코가 견딜 수 없는 상황이었다. 지금이야말로 마에카와 씨 주변에서 물러나 밝은 곳으로 가서 새 생활을 다시 구축해나가야 할 기회라고 생각했다. 신코가 고개를 깊이 숙이고 생각에 잠겨 있자 요시코가 불안한 표정으로 올라와서 작은 소리로 말했다.

요시코 "아까 마에카와 씨가 오셔서 미와코 씨가 말씀하신 대로 시세이도(資生堂)에서 기다리라고 말씀드렸습니다."

신　코 "아, 그래. 얼마나 전에 오셨어?"

요시코 "지금 막 오셨습니다."

---

73) GPU ; 구 소련의 비밀경찰.

미와코 "언니 갈 거야?"

　미와코는 언니를 쳐다보았다. 한 걸음 가게를 나가면 금세 마에카와 씨에게 붙잡힐 것 같은 생각이 들어 신코는 만나러 갈 용기가 나지 않았다.

미와코 "그럼 내가 갔다 올게. 여하튼 사건을 보고하고 올게. 그 사람에게도 조금은 말해 줘야 한다고!"

　미와코는 신코가 말릴 틈도 없이 쏜살같이 가게를 뛰쳐나갔다.

〈2〉

　시세이도에서 잠시 기다리고 있어 달라는 요시코에게 말을 전해 듣고, 안쪽에 신경 쓰는 듯한 태도에 안절부절못하는 불안함이 느껴져서 마에카와는 '응, 알았어! 가볍게 끄덕이고는 발걸음을 되돌렸다. 지정받은 대로 1정[74]도 채 안 되는 시세이도까지 걸어가서 비어 있는 박스 시트에 앉아 아이스크림을 주문했다. 경황이 없다는 것은 무슨 말일까? 자매끼리 싸움이라도 시작한 것일까? 그렇지 않으면 언니에서 여동생에게 옮아 탄 젊은 음악가라도 뛰어 들어와서 트러블이라도 일으킨 것일까? 등등……. 지금까지 전례가 없는 일이니만큼 도깨비에 홀린 듯한 느낌 속에서도 신코의 몸을 걱정하는 불안감이 맴돌았다. 그러나 15분을 채 기다리기도

---

74) 一町 ; 1정은 60간으로 대략 180m.

전에 기다리고 있던 언니 대신 미와코가 입구에 나타나서 일부러 입구에서 잘 보이는 위치에 앉아 있던 마에카와를 발견하고는 의외로 활기차게 웃는 얼굴로 가까이 다가왔다.

마에카와 "어, 오랜만이야."

　마에카와가 미소로 맞이했다.

미와코 "태평스러운 얼굴을 하고 계시네요."

마에카와 "아니, 그 반대 아닌가요? 그쪽이야말로 경황이 없었다고 하던데 느긋한 얼굴을 하고 있는 거 아닙니까?"

미와코 "어머나, 경황이 없다고 요시코가 말했어요? 경황이 없는 정도가 아니었어요. 그냥 마에카와 씨가 만나고 싶어 하지 않을 사람이 찾아왔었어요."

마에카와 "그럼, 옛날 언니의 연인이었던 사람, 이번에 당신과 결혼한다는 그 사람이 왔었나요?"

　미와코는 조금 화가 나고 짜증이 치밀어 올랐다.

미와코 "자기 집 곳간에 불이 난 것도 모르고 무슨 말씀을 하시는 거예요? 우리 연인이 아니에요. 마에카와 씨 연인이라고요."

마에카와 "거짓말하지 마세요."

미와코 "거짓말 아니에요. 마에카와 씨 부인이 들이닥쳤어요."

마에카와 "우리 집사람이? 거짓말이지요?"

미와코 "거 봐요, 금방 놀라서 얼굴빛이 변하면서, 거짓말이라니요?"

마에카와 "아야코(綾子)가 왜 여기에 온 건가요?"

미와코 "어째서인지는 집에 가서 부인에게 물어보세요."

마에카와 "집사람이 그 집을 알 리가 만무해요. 농담이라도 그런 말
하는 거 아닙니다."

미와코 "그렇게 흥분하지 말고 진정하세요. 제발, 진정하세요! 여하
튼 제가 겨우겨우 어떻게 어떻게 해서 간신히 돌려보냈으니
까요."

마에카와 "정말입니까?"

미와코 "정말이에요."

　　약이 오를 정도로 미와코는 매우 침착한 모습이었다.

　　〈3〉

미와코 "그레이프 주스에 얼음 잔뜩 넣어 주세요."

　　남자 종업원에게 주문하고는 마에카와의 긴장한 얼굴을 향해
귀여운 웃음을 지어 보였다.

미와코 "마에카와 씨 부인과 말싸움을 너무 많이 했더니 목이 마르
네. 하지만 저 너무 불쾌해요.

마에카와 "당신이 말다툼을 한 거예요?"

　　마에카와는 가여울 정도로 얼굴이 새파랗게 변했다.

미와코 "그래요. 왜냐면 신코 언니가 아무 말도 안 하고 있었거든

요. 부인이 갑자기 거칠고 거만하게 굴며 언니를 울게 만들었으니까요.

마에카와 "가게에서 말입니까?"

미와코 "가게가 아니고 2층으로 올려보냈어요."

마에카와 "2층에서 말이에요?"

마에카와는 비밀의 핵심이 찔린 듯 우울한 얼굴로 말했다.

마에카와 "그런데 어떻게 이렇게 빨리 그 가게를 알게 되었을까요?"

미와코 "혹시 게이코 언니, 아시나요?"

마에카와 "네, 알아요."

미와코 "부인이 그 언니를 잘 구워삶은 것 같아요. 그래서 이곳을 찾는 것은 어렵지 않았을 거예요. 제가 게이코 언니에게 부탁받아서 칠칠치 못하게 안내 역할을 맡아버렸고요."

마에카와 "게이코 언니라……, 깜빡 잊고 있었군."

일의 진행 경로가 확실해지자, 지금까지는 반신반의했던 사건이 현실로 나타나기 시작했고 집사람의 노골적인 처사가 자기 일인 양 수치스럽게 느껴졌다.

미와코 "부인도 참 과감한 짓을 하시더라고요. 설령 언니를 의심하고 있어도 갑자기 여기에 와서 그렇게 직접적인 행동을 취하다니 너무 심하다는 생각 안 하세요?"

마에카와 "끔찍하군요. 정말 말도 안 되는 짓을 저지르고 말았네요."

마에카와는 아연실색한 표정을 감추지 못했다.

미와코 "마에카와 씨도 잘못했어요. 부인에게도 제대로 못하면서 우리 언니를 어떻게 해 볼까 하는 것은 말도 안 돼요."

마에카와는 '이런 당돌한 꼬마아가씨가!'라고 생각하면서도 되돌려줄 말을 찾지 못했다.

미와코 "게다가 언니를 마음으로는 이러지도 저러지도 못할 정도로 좋아하고 있으면서도 언제까지 모험 없는 원만한 태도를 보여서는 안 될 것 같아요. 너무 패기가 없는 것 아니에요? 사십 대 남자의 감상주의는 맘에 안 들어요. 여학생 작문에 나오는 연애 같은 건 싫다고요. 그렇게 애매모호하니까 언니도 힘들고 마에카와 씨도 힘든 거 아닌가요?"

마에카와 "하하하하."

마에카와도 그만 쓴웃음을 짓고 말았다. 그러나 웃으면서도 '때로는 자기보다 경험이 적은 사람에게서도 배우게 된다.'는 '이로하 다토에75)가 머릿속에 떠올랐다.

미와코 "그럼 난 가서 언니를 대신 보낼게요. 잘 위로해 주세요. 언니 무척이나 수심에 잠겨 있으니까요."

미와코는 말이 끝나기가 무섭게 재빨리 일어나서 입구 쪽으로

---

75) 伊呂波譬(え) ; '이ろは이로하' 47자(字)와 '京' 자를 각각 첫 글자로 하여 어린 아이들의 교훈적 비유적인 짧은 노래나 속담.

뛰어갔다.

〈4〉

　바람처럼 미와코가 사라져 버리자, 마에카와는 잠시 따분한 듯이 담배를 계속 피우고 있었다. 세상의 보통 남편이라면 이런 경우에는 참다못해 뛰어나온 자기 아내의 심경에도 미안해하고 동정하는 마음이 들겠지만, 같이 살기 시작해서 십수 년 동안 항상 아내의 교만하고 심술궂은 언행에 시달려온 마에카와로서는 아내의 인격적인 결점을 깡그리 남에게 보이게 된 것 같아 눈앞이 캄캄해졌다. 그저 아내에 대해 낙막(落莫)76)한 따분함이 느껴질 뿐이었다. 5분, 10분…… . 신코가 오는 것이 왠지 시간이 걸렸다. 신코가 얼마나 싫어했을까를 알고 있으니만큼 안절부절못했다. 다시 뭘 주문할 생각도 들지 않았고 그저 테이블 위에 꽂혀 있는 한 송이의 이름 모를 서양 화초를 물끄러미 바라보고 있었다.

신　코 "많이 기다리게 해서 죄송합니다."

　깜짝 놀라 얼굴을 들자 급히 화장한 듯, 조금의 흐트러짐도 없는 평소의 신코가 애써 다정하게 미소 지으며 서 있었다.

마에카와 "죄송합니다."

　마에카와는 말끄러미 신코의 얼굴을 쳐다보면서 머리를 숙이고

---

76) 어쩐지 쓸쓸함.

사과했다. 신코는 입술 언저리에 조금 슬픈 그림자를 드리웠지만, 눈은 마에카와의 기운을 북돋우려는 듯 웃으면서 조용히 고개를 가로저으며 자리에 앉았다.

마에카와 "정말 면목이 없습니다. 용서해 주세요."

　　마에카와는 거듭 공손히 사과했다. 순간, 가슴속에 밝은 것이 떠오르는 것이 느껴졌다. '결국 내 생활에는 이 사람이 가장 소중하다. 이 사람만 잃지 않는다면 그 무엇을 희생해도 이 사람을 잃지 않는 것이 중요하다. 앞으로의 나의 인생의 목표를 그렇게 바꿔야 한다.'고 그는 생각했다. 집에 돌아가 집사람으로부터 무슨 말을 듣더라도 집사람이 어떤 행동으로 나오더라도, 절대로! 여간내기가 아닌 집사람은 이렇게 되면, 마에카와의 사랑이 자기에게 없는 것을 알면 알수록, 단지 '부부사이'라는 입장만을 내세우며 필시 대항해 올 것이다. 그러나 집사람이 모든 계략을 다 부린다 해도 이제 마에카와는 두세 걸음을 오르기 시작한 순애(殉愛)[77]의 계단에서 내려올 생각은 없었다. 아니, 설령 그 계단이 지옥으로 가는 내리막 길이 된다 하더라도…….

마에카와 "제가 어떤 보상이라도 하겠습니다. 그러니 집사람이 한 말 같은 건 잊어버리세요."

신　코 "아니요."

마에카와 "어째서요?"

---

77) 사랑을 위해 모든 것을 바치는 행위.

신코는 고개를 저으며 대답했다. 마에카와는 우울하고 어두운 표정을 지으며 물었다. 신코는 서두르지 않고 천천히 자기의 마음을 마에카와에게 전달하고 싶었다. 그러나 그렇게 하기에는 이곳은 너무 보는 눈이 많았다.

〈5〉

신코가 뭔가 말하는 것을 주저하고 있고 그것이 다시 주위 분위기 탓이라고 생각한 듯 마에카와가 말했다.

마에카와 "아무튼 여기에서 나갈까요? 어디 조용한 집에서 식사라도 하면서 이야기하시지요."

신코는 일어나서 계산하러 간 마에카와를 밤바람을 쐬면서 기다리고 있었다.

마에카와 "어디로 갈까요?"

신　코 "저기로 가요!"

신코는 쓰키지(築地) 방향을 가리키고 1, 2간(間) 앞에 서서 전찻길을 건넜다. 맞은편의 골목이라면 남의 눈도 적고 만에 하나라도 아야코 부인에게도 들킬 염려는 없다고 생각했다. 이즈모바시(出雲橋)를 건너 사람 왕래가 적어지자 신코는 발걸음을 조금씩 늦췄다.

신　코 "저는 부인에게 가정 파괴자라는 말을 들은 게 너무나 슬펐습니다."

신코가 말을 꺼냈다. 마에카와는 아무 말 없이 듣고만 있었다.

신 코 "외국 연극 같은 걸 읽다가 '너! 가정 파괴자!(You! home breaker!)'라며 부인에게 쫓겨나는 여자가 얼마나 힘들었을까 생각했었는데, 내가 그런 말을 듣고 말았네요. 마치 '전가(伝家)의 보도(宝刀)[78]'를 들이대는 도적 같았어요. 제가 아무리 순수하고 청순한 마음을 가졌더라도 부인의 처지에서 보면 틀림없이 그럴 거예요. 역시 부인이 있는 분께는 어떤 의미나 형태로도 신세를 지지 않는 편이 좋을 것 같아요."

마에카와는 신코가 말하고 싶은 만큼 말하게 내버려 두는 것이 오히려 그녀의 가슴을 후련하게 만들 수 있으리라 생각하며 걷고 있었다.

신 코 "신세를 지고 있으면 항상 벌벌 떨고 있어야 하고, 게다가 미와코가 부인에게 실례되는 말을 했기 때문에 부인께서는 저희 자매를 이제 원수처럼 생각하고 계실 것이고……."

신코가 슬픔이 복받친 듯 울먹이며 말했다. 두 사람은 잠시 말 없이 걷고 있었다.

신 코 "신세만 지고 자기중심적인 말씀을 드리는 것 같아 마음이 아프지만……."

---

78) 함부로 쓰지 않는 비법에 비유됨.

신코는 마에카와가 묵묵히 자신의 변명을 듣고만 있어, 오히려 가슴이 벅차올라 다음 말을 계속해서 할 수가 없게 되었다. 어느 샌가 넓은 쇼와도오리(昭和通)의 보도를 왼쪽으로 또 왼쪽으로 걷고 있었다.

신　코　"더구나 저뿐만 아니라 언니와 여동생까지 폐만 끼쳐드리고 있는 것 같아 정말 제 자신이 싫어졌습니다.

〈6〉

사람의 왕래가 적고 자동차도 간간이 지나갈 정도의 길을 따라, 끝없이 걸으면서 마에카와의 침묵은 왠지 기분 나쁜 정도로 계속되었다.

사소한 우발적인 충동이라든가 일의 자연스러운 추이에 따라 신코에게 '주점'을 내준 것은 아니었다. 신코를 만나기만 하면 이렇다 할 일이 없이도 마음이 풍요로워지고 새로운 희망이 솟아나는 희열을 느낄 수 있었기 때문이다. 그러나 마에카와는 온건주의 신사로 주위를 파괴하면서까지 신코와의 교분을 깊게 할 생각은 없었다. 아야코(綾子) 부인의 눈을 피해서, 조용하고 분수에 맞는 행복에 안주하며 살아가려 했는데, 아야코 부인이 이런 조심스럽게 숨겨진 꽃동산에까지 들어와서는 신코를 그곳에서 쫓아내고자 하는 것이다. 신코가 느끼고 있는 것처럼 이 관계는 지극히 부자연스러운 것임에 틀림없다. 그러나 설령 그렇다 하더라도 신코와의 교제를 끊어버릴 정도라면, 자기의 위치나 명예는커녕 자기 자신도 왠지 필요 없는 무용지물처럼 느껴지는 마에카와였다. '차라리 헤어지는 편이 낫다.'는 신코에게도 왠지 모르게 어울리지 않는 일시적인 감정이 움직이고 있다는 생각이 들어 견딜 수가 없었다. 자신의 태도가 철두철미하지 못해서 결국 신코도 그 미적지근한 태도에 비틀거리고 있다는 느낌이 들었다.

마에카와는 걸으면서 곰곰이 생각했다. 신코처럼 성격적으로 고상한 한 사람의 처녀를 얻기 위해서는 자기 가정과 위치와 명예까지도 희생할 각오가 필요한 것이다. 엉거주춤한 자세로 손을 내뻗는 듯한 자신의 태도 때문에, 오히려 갖가지 사건이 일어나고 있는 것인지도 모른다. 그렇게 생각하기 시작하자 자근자근 끈덕진 앙양(昂揚)[79]이 마음속에 차올랐다.

마에카와 "저는 결심했습니다. 집사람이 온당하고 원만하지 않으니 저도 평화 제일, 안전 제일이란 상식을 버리기로 했습니다."

신　코 "네! 뭐라고요?"

마에카와가 조용히 말하자 신코는 깜짝 놀란 듯이 눈을 크게 뜨고 상대의 옆모습을 바라보았다.

마에카와 "나는 당신을 잃고 싶지 않아! 그 무엇과 비교해도 당신이

---

79) 정신이나 사기 등을 드높이고 북돋우는 것.

　　너무 소중해!"

　신코는 얼굴을 붉힌 채 고개를 숙이고 말았다.

마에카와 "민폐라고 말씀하시는 겁니까?"

　마에카와가 기세등등하게 물었다.

신　코 "어머! 민폐라니요, 그런 말씀을 하신다면 전 이대로 어딘가
　　　로 몸을 숨기고 말겠어요. 아까부터 그런 생각으로 말씀드
　　　리고 있는 것이 아닌데, 다만 부인에게도 미안하고, 아이들
　　　에게도 미안해서."

마에카와 "당신에게 그런 생각을 하게 만든 것은, 제가 비겁하기 때
　　　문입니다. 앞으로 어떤 일이 생겨도 저로 인해 당신에게 심
　　　려를 끼치는 일은 없을 겁니다. 저는 그렇게 결심했습니다."

　상대가 격렬할 수록 신코는 더욱더 고개를 숙일 뿐이었다.

　　〈7〉

마에카와 "자 이제 더 이상 아무것도 생각하지 마세요."

　마에카와는 밝게 말하면서 자기 자신에게, '무슨 일이 있어도
이 사람과는 헤어지지 않겠다. 어떤 일이 있어도 분발할 것이다,
어떤 수단을 사용해서라도……'라고 계속해서 다짐했다. 주객이
전도되어 이번에는 신코가 입을 다물고 말았다. 마에카와는 문득
하늘을 쳐다보았다. 어제가 추석[中秋節]이라서 그런지 달 밝은

밤하늘에 구름이 너울너울 움직이고 있었다.

신　코 "그건 그렇고 앞으로 어떻게 하실 생각이세요?"

마에카와 "저는 당신이 너무 좋아요, 절대로 헤어지지 않을 거예요. 지금까지는 내가 비겁한 탓에 당신에게 걱정을 끼치고 말았어요. 앞으로는 주위의 어떤 비난도 달게 받을 거예요. 집사람과도 싸워야 된다면 싸울 겁니다. 그러니 당신은 내 신상에 관한 걱정은 일절 하지 마세요. 그 대신 저에 대해 가장 솔직한 기분만을 가지고 계셨으면 좋겠어요."

　　당장은 대답할 수 없었다.

마에카와 "제가 말한 것을 너무 깊이 생각하지는 마세요. 생각하면 어떻게든 쓸데없는 근심이 생기기 마련이에요."

신　코 "그래도 괜찮을까요?"

　　신코의 목소리가 연약하게 갈라졌다.

마에카와 "지금이 딱 좋은 상황이잖아요. 우리가 헤어지지 않기 위해서는 그렇게 해야 돼요. 이성적으로만 생각하면 우리는 가루이자와에서 진작에 헤어져서 그냥 길가의 모르는 사람이 되었을 거예요. 그런 주점 같은 것도 내지 않았을 테고, 일전의 사건 같은 것도 일어나지 않았을 거예요. 이성과 감정이 엉거주춤한 상태여서 혼란스러워 하고 있는 것뿐이에요. 이번에는 절대로 당신을 잃고 싶지 않은 내 감정에 충실

　　　　하게 행동할 생각이에요."

신　코 "저도 감정만으로 행동할 수 있다면 얼마나 행복할까 생각
　　　　해요. 미와코처럼 말이에요."

마에카와 "음."

　　마에카와는 깊이 끄덕이고는 순식간에 자기 눈시울이 축축해지
는 것을 느꼈다. 신코가 한없이 애처롭게 느껴져 꼭 껴안고 얼굴
전체에 입술의 비를 내리게 하고 싶은 격렬한 충동을, 심호흡을
크게 하고 저벅저벅 계속 걸어가는 것으로 간신히 참을 수 있었
다. 어느새 교바시(京橋)의 사거리를 지나치고 있었다.

마에카와 "배 안 고파요?"

신　코 "뭐가 뭔지 모르겠어요. 가슴이 너무 벅차서 밥을 먹을 수
　　　　있을까요?"

마에카와 "너무 많이 걸었으니 여하튼 우리 좀 차분해지자고요."

　　거리에서 골목으로 조금 들어가니 일본식으로 크게 지은 닭요
리 가게를 스틱 끝으로 가리키면서 말했다.

　마에카와 "저 집이 조용하니까, 들어가시지요."

　　신코는 그 앞은 쳐다보지도 않고 말했다.

신　코 "하지만 거기까지 가는 것은 상당한 용기가 필요하겠네요."

마에카와 "좋아요. 지금까지는 내가 나빴어요. 내가 용기를 내고 당
　　　　신도 용기를 낼 수 있게 만들어 볼게요. 그렇게 해 보고, 만

일 일본에서 살기 어렵다면 함께 3, 4년 외국에 나가 살아보
는 건 어떨까요?"

마에카와는 사자처럼 용감하게 음식점 문을 열고, 현관으로 이
어지는 자갈길을 따라 연약한 신코의 몸을 품에 안고 쭉쭉 앞으로
걸어나갔다.

〈끝〉

■ 역자 : 박용만(朴用萬)

인하대학교 일어일본학과 졸업

일본 츠쿠바(筑波)대학 대학원 현대문화공공정책학과 졸업

언어학 박사(言語学博士)

전공 :일본어학(일본어문법·일본어교육·일본어통번역)

(현) 인하대학교 일본언어문화학과 강사

인하대학교 AI멀티링구얼연구소 책임연구원

저서 : 초급실용일본어

역서 :『오구리 무시타로(小栗虫太郎) 단편소설』,『유메노 규사쿠(夢野久作) 단편 추리소설』,
『고가 사부로(甲賀三郎) 단편 추리소설』〈共譯〉,『미학과 미학의 역사』

■ 감수 : 이성규(李成圭)

(현) 인하대학교 명예교수, 한국일본학회 고문, 한국번역한림원(韓國飜譯翰林院) 원장

(전) KBS 일본어 강좌「やさしい日本語」진행, (전)한국일본학회 회장

한국외국어대학교 일본어과 졸업, 일본 쓰쿠바(筑波)대학 대학원 문예·언어연구과(일본어학)
수학, 언어학박사(言語学博士)

저서 :『도쿄일본어(1-5)』,『현대일본어연구(1-2)』〈共著〉,『仁荷日本語(1-2)』〈共著〉,『홍
익나가누마 일본어(1-3)』〈共著〉,『홍익일본어독해(1-2)』〈共著〉,『도쿄겐바일본어
(1-2)』,『現代日本語敬語の研究』〈共著〉,『日本語表現文法研究1』,『클릭 일본어 속
으로』〈共著〉,『実用日本語1』〈共著〉,『日本語受動文 研究の展開1』,『도쿄실용일본
어』〈共著〉,『도쿄 비즈니스 일본어1』,『日本語受動文の研究』,『日本語 語彙論 구축
을 위하여』,『일본어어휘Ⅰ』,『日本語受動文 用例研究(Ⅰ-Ⅲ)』,『일본어 조동사 연
구(Ⅰ-Ⅲ)』〈共著〉,『일본어 문법연구 서설』,『현대일본어 경어의 제문제』〈共著〉,『현
대일본어 문법연구(Ⅰ-Ⅳ)』〈共著〉,『일본어 의뢰표현Ⅰ』,『신판 생활일본어』,『신판
비즈니스일본어(1-2)』,『개정판 현대일본어 문법연구(Ⅰ-Ⅱ)』,『일본어 구어역 마가
복음의 언어학적 분석(Ⅰ-Ⅳ)』,『일본어 구어역 요한복음의 언어학적 분석(Ⅰ-Ⅳ)』,
『일본어 구어역 요한묵시록의 언어학적 분석(Ⅰ-Ⅲ)』

역서 :『은하철도의 밤(銀河鉄道の夜)』〈共譯〉,『인생론 노트(人生論ノート)』〈共譯〉,『두 번
째 입맞춤(第二の接吻)』〈共譯〉,『고가 사부로(甲賀三郎) 단편 추리소설』〈共譯〉,

수상 : 최우수교육상(인하대학교, 2003), 연구상(인하대학교, 2004, 2008) 서송한일학술상
(서송한일학술상 운영위원회, 2008), 번역가상(사단법인 한국번역가협회, 2017), 학
술연구상(인하대학교, 2018)

세 자매의 사랑이야기 **2**

초판인쇄	2025년 10월 17일
초판발행	2025년 10월 23일
저　　자	기쿠치 간(菊池寬)
옮 긴 이	박용만
감　　수	이성규
발 행 인	권호순
발 행 처	시간의물레
주　　소	경기도 파주시 숲속노을로 150, 708-701
전　　화	031-945-3867
팩　　스	031-945-3868
전자우편	timeofr@naver.com
홈페이지	http://www.mulretime.com
블 로 그	http://blog.naver.com/mulretime
I S B N	978-89-6511-568-7
세　　트	978-89-6511-566-3 (04830)
정　　가	16,500원